THE WORKING STORY OF A FOREIGN TRADE ACCOUNTANT ROOKIE
(SECOND EDITION)

外贸会计上班记
(第二版)

谭 天 ◎ 著

中国海关出版社有限公司

·北京·

图书在版编目（CIP）数据

外贸会计上班记／谭天著．—2版．—北京：中国海关出版社有限公司，2020.7
ISBN 978-7-5175-0439-9

Ⅰ.①外… Ⅱ.①谭… Ⅲ.①长篇小说–中国–当代 Ⅳ.①I247.5

中国版本图书馆CIP数据核字（2020）第110508号

外贸会计上班记（第二版）
WAIMAO KUAIJI SHANGBAN JI (DI–ER BAN)

作　　者：谭　天	
策划编辑：马　超	
责任编辑：叶　芳	
责任监制：赵　宇	
出版发行：中国海关出版社有限公司	
社　　址：北京市朝阳区东四环南路甲1号	邮政编码：100023
网　　址：www.customskb.com/book	
编 辑 部：01065194242–7554（电话）	01065194234（传真）
发 行 部：01065194242–7540/42/44/45（电话）	01065194233（传真）
社办书店：01065195616/5127（电话/传真）	01065194262/63（邮购电话）
印　　刷：北京鑫益辉印刷有限公司	经　　销：新华书店
开　　本：710mm×1000mm　1/16	
印　　张：15.5	字　　数：238千字
版　　次：2020年7月第2版	
印　　次：2020年7月第1次印刷	
书　　号：ISBN 978–7–5175–0439–9	
定　　价：55.00元	

海关版图书，版权所有，侵权必究
海关版图书，印装错误可随时退换

序 言

会计学是一门非常枯燥的学科，学科的内部又涉及很多行业，每个行业的侧重点千差万别。大学教科书上的理论知识已满足不了学生们毕业后实际工作上的操作需要，最终形成了理论与实践的断层。会计实务知识培训就是衔接理论与实践的一个桥梁。

谭天老师于2012年在正保开放课堂（www.chinatet.com）上开始进行出口退税实务知识培训。谭老师授课温文尔雅、精练严谨，讲解深入浅出，将枯燥无味的理论知识转化成通俗易懂的语言，使出口企业的会计实务操作知识更容易理解与贯通，为前来培训的人员更好地完成本职工作打下坚实基础。

《外贸会计上班记》这本书，不同于很多的会计实务书，只有枯燥的术语和数字。它很好地将主人公魏青青的职场经历和出口企业的实际业务联系在一起，使读者在读故事的同时也学习了实际业务上的操作，加深了对行业知识的了解。魏青青最终依靠大家的帮助和自己的努力，取得了事业上的成功，拓宽了人生的道路。希望正在阅读此书的你通过这本书，熟练掌握出口企业的财务知识，创造自己的人生财富。"学习改变命运，知识创造财富"。

我在这里预祝谭老师的《外贸会计上班记》能够畅销，在引起广大读者共鸣的同时，解决业务中的实际难题。

正保远程教育教学部总裁：朱俊朴
2015 年 8 月

再版前言

各位亲爱的读者，《外贸会计上班记》自2015年出版至今已经印刷了两次，在当当网、京东等各大网站销售近万本。从网站读者的反馈来看，这本书确实帮助很多想从事出口企业财务工作的人，了解了出口企业的退税以及贸易业务知识，有的读者还因此选择了出口企业的工作岗位。所以每次看到各位读者的评论，我都十分欣慰，内心雀跃，这也是我写这本书的初心，即"己欲立而立人，己欲达而达人"。

在这5年中，《外贸会计上班记》虽然印刷了两次，但是书里的内容改动不是太大。考虑到从2015年到2020年，国家税务总局出台了很多出口退税政策，进口增值税率也从2015年的17%下调到了13%，另外还有一些进出口相关手续也发生了变化。因此，过去的知识内容已经跟不上时代的发展。

2019年，我特意在《外贸会计上班记》第3次印刷之前，与中国海关出版社的马超主任沟通了一下，对书中很多的旧知识和时间线做了一次较大的更新。另外，对于第一版中比较复杂的计算和软件操作内容，很多学员反馈这些知识点对于刚接触出口企业的财务人员来讲很难理解，一时半会也用不到。为了让本书更加生动和友好，不让读者看完之后，对出口企业工作打退堂鼓，我把复杂的计算和操作的内容做了相应删减，并增加了一些有趣的出口退税业务相关案例。如果通过这种设置能让读者感到，出口企业工作不错、有意思，我的目的就达到了。

非常感谢购买了《外贸会计上班记（第二版）》的读者们，谢谢你们的支持。如果各位读者有更好的想法和建议，那么希望你们在当当网、京东留下宝贵评论,虽然我不能回复你们,但是每一个评论我都会仔细查看。在这里借用一句话,与各位读者共勉:不为困苦所屈服,不为艰险而低头,不为磨难所吓倒,为自己鼓掌,人生之路会越走越宽广!

谭 天

2020 年 5 月

目 录
Contents

第一篇

饱经失业痛苦折磨的魏青青,终于等到了一家外贸公司向她伸出的橄榄枝。在经济和心理的双重压力下,没有在外贸企业工作过的魏青青在外贸会计工作的新起点上起跑。

年轻外贸会计的新起点

第一章 向后退的代价 ·· 003

 第一节 外贸会计新人魏青青 ····························· 003
 第二节 深陷公司内斗,无奈离职 ························ 004

第二章 新的开始 ··· 007

 第一节 出口企业的新挑战 ································ 007
 第二节 外贸会计的第一课 ································ 010

第三章 第一个挑战,申请成立外贸公司 ······················ 013

 第一节 对外贸易经营者备案登记 ························ 013
 第二节 外贸会计新手该了解的出口退税政策 ·········· 015
 第三节 海关进出口货物收发货人备案 ·················· 017
 第四节 外汇管理局外汇登记证书和企业名录的办理 ··· 020
 第五节 国家税务总局出口退税备案的办理 ············· 021
 第六节 海关电子口岸的办理 ···························· 022

第二篇

初入新公司，魏青青虽然受到老业务员的种种刁难，但同时也得到了不少热心同事的帮助。魏青青坚信，在学习的道路上没有"拦路虎"，只要想学，到处都有老师。虽然经历了失恋，但她将主要精力投入学习和工作中，并取得了一些成绩。

风波中的努力与成长

第四章　外贸会计新手应了解的出口退税申报基本要素 …………… 027

 第一节　外贸企业的一般贸易免退税计算和会计分录 …………… 027
 第二节　初识出口退税相关凭证——报关单 …………………… 029
 第三节　初识出口退税相关凭证——增值税发票 ……………… 038

第五章　初学出口退税操作系统 …………………………………… 042

 第一节　出口退税申报系统的种类 ……………………………… 042
 第二节　外贸企业出口退税申报系统的下载与安装 …………… 043
 第三节　外贸企业出口退税系统的进入与配置 ………………… 051

第六章　第一次做外贸企业一般贸易的退税申报 ……………… 059

 第一节　外贸企业一般贸易的会计分录与增值税申报 ………… 059
 第二节　外贸企业一般贸易的退税系统操作——参数的配置 … 077
 第三节　外贸企业一般贸易的退税系统操作——出口报关单的录入 … 084
 第四节　外贸企业一般贸易的退税系统操作——进货发票的录入 … 089
 第五节　外贸企业一般贸易的退税系统操作——数据检查 …… 092
 第六节　外贸企业一般贸易的退税系统操作——预审和正审 … 095

第七章 了解生产企业一般贸易的退税申报流程 ………………………… 109

- 第一节 生产企业一般贸易免抵退税核算 ……………………………… 109
- 第二节 出口报关单的录入 ……………………………………………… 113
- 第三节 生产企业明细申报数据的正预审 ……………………………… 119
- 第四节 生产企业一般贸易退税申报全流程 …………………………… 124
- 第五节 汇总表及附表的生成 …………………………………………… 129
- 第六节 征管系统的本月和次月增值税申报及会计分录 ……………… 133
- 第七节 电子口岸外部数据采集——出口企业会计的好帮手 ………… 139

第八章 成功化解外贸企业来料加工业务里的风险 …………………… 151

- 第一节 来料加工业务的前期准备 ……………………………………… 151
- 第二节 来料加工业务的退税申报和风险 ……………………………… 157

第九章 换汇成本指标在外贸企业退税业务中的作用 ………………… 170

- 第一节 通过换汇成本指标发现退税风险 ……………………………… 170
- 第二节 提前发现、提前解决，大事化小、小事化了 ………………… 175

> 第三篇
>
> 魏青青在工作中不断遇到新的危机和挑战，凭借自己在工作中积累的经验和同事的帮助，她最终都化险为夷。魏青青得到公司领导和同事们的认可，并被委以重任。

守得云开见月明

第十章 深层次理解与分析出口企业退税政策 …………………………… 181

- 第一节 外贸企业的退税政策与实务相结合 …………………………… 181

第二节　生产企业的自产货物与视同自产货物的退税政策及实务分析 …… 184

第三节　出口货物退税、免税、征税的实务分析 ……………………… 192

第四节　出口货物退税、免税、征税在各种条件下的单证准备 ……… 193

第十一章　认真对待每一次遇到的退税问题 …………………………… 196

第一节　崔京宇眼里的加工贸易种类及区别 …………………………… 196

第二节　几个珍珠引发的骗税猜想 ……………………………………… 206

第三节　无电子信息备案 ………………………………………………… 208

第四节　退运来袭 ………………………………………………………… 215

第十二章　青青和 Eric 合力阻击骗取退税的订单 ……………………… 223

第一节　Eric 的老同学 …………………………………………………… 223

第二节　看不到的"货物" ……………………………………………… 225

第三节　青青和 Eric 同舟共济 …………………………………………… 227

第一篇 年轻外贸会计的新起点

饱经失业痛苦折磨的魏青青,终于等到了一家外贸公司向她伸出的橄榄枝。在经济和心理的双重压力下,没有在外贸企业工作过的魏青青在外贸会计工作的新起点上起跑。

第一章　向后退的代价

生活中存在很多壁垒，有时我们还未尝试攻克，就已经退却。然而壁垒从未消失，它隐蔽在不远处，等着我们去触碰或付出躲避它的代价。

第一节　外贸会计新人魏青青

魏青青今天终于在家休息了。要是平时，魏青青早就和闺蜜出去逛街了，可是这次休息不同于以往，魏青青突然失去了在优美特（中国）化妆品有限公司为期5年的会计工作，开始在家休长假。

2014年，魏青青从东北财经大学毕业后，本计划回老家吉林，父母托关系已经把她的工作安排妥当了。然而，综合考虑了一些因素后，魏青青选择留在大连。

首先，大连是个开放的城市，而且它是东三省重要的港口。东三省的财富和人才人都流向此地，不论你是拥有地位、美貌还是才能，只要你有一技之长就能在此拥有一席之地。

其次，魏青青是个比较有小资情调的女子。大连海边湿润的空气、秀丽的海滩、色彩斑斓的遮阳伞等，都比较符合青青的喜好。

大学时结识的男朋友林浩是让魏青青选择留在大连的最重要的原因。林浩是个土生土长的大连人，是那种放在人群中一点儿都不显眼的男生，他在这群追逐魏青青的异性中既不是最有才的，也不是最有钱的。他靠着自己的激情以及无赖式的执着，最终征服了魏青青。

毕业后，魏青青应聘到优美特（中国）化妆品有限公司做财务，并靠这份工作在大连工作生活了5年。林浩在这5年里换了很多份工作，每次换工作他都有一堆的理由——老板不好、同事陷害、工作不理想……魏青青不喜欢生活经常发生变动，她只想有一份有前景的工作，有一个温暖的家庭。虽然赚得不多，但魏青青却一直对这份工作和以后的生活抱有期望。她希望能在这个公司一直工作下去并有所发展，也希望生活能带给她一份甜蜜。然而，现实生活并不会一直一帆风顺，王子和公主幸福地生活在一起也只是童话而已。真正的生活要时时刻刻面对困难与挑战，而魏青青却没有做好面对这些的准备。可惜挑战不会等你准备好再来到你的面前，它总是在你意想不到的时候给你一击。

第二节　深陷公司内斗，无奈离职

半年前，优美特（中国）化妆品有限公司发生人员的变动，公司的财务主管林美心因为身体原因准备回家休养一段时间。几天后，张总突然把魏青青叫到办公室并和颜悦色地对她说："小魏，考虑到你在公司工作5年多了，工作经验比较丰富，内外关系处理得也十分得体。在林经理休养这段时间，公司的财务工作需要有人管理，我打算让你作为临时的财务主管代管一下，你能不能把工作接下来？"

魏青青惊讶之余思量起来：林美心，公司里的人背地里给她起了个绰号叫"林没心"。她这个时候休假有点蹊跷，正好总公司说要到分公司查账。魏青青想，公司有那么多能力和我差不多的会计，为什么偏偏选我做临时财务主管呢？这看起来是升职，但责任重大，而且"临时财务主管"的薪酬也不会调整。如果接下了干不好的话，自己就得背黑锅；如果干得好的话，林美心回来也不会善罢甘休。可是，要是不答应张总接下这份工作的话，就是不给老板面子，自己在这个公司还能待下去吗？魏青青只得说："张总，我水平不行啊，还需要再学习学习。"

张总笑道:"我看好你。林美心休假之前也跟我说过,在这些会计中,她最看好你。你反应快、做事仔细,肯定没问题的。"

魏青青暗骂林美心,说道:"张总,这太突然了,我考虑考虑行吗?"

张总和蔼地点点头说:"可以,但你最好快点,要对自己有信心!这也是公司对你的信任!"

其实青青的思虑没错,张总已经暗自盘算了。平常张总就觉得青青最老实,让干什么干什么,也没意见,不像其他人那么"刺头"。这次总部来查账,问题肯定不少,林美心和总部联系得比较多,听到风声提前躲了。要找一个没脾气还能受气的人,他想来想去觉得魏青青是最合适的。

第二天,魏青青思前想后,还是回绝了张总,原因当然不是她自己说的"工作能力不行"。林美心动不动就休病假,许多工作都是由魏青青来做的。正因如此,青青才知道公司的会计制度不规范,有一些账款对不上。有些属于历史遗留问题,有些源于内部管理不善。不久前,总公司换了财务总监,新官上任三把火,新财务总监开始对各个分公司的财务情况进行全面检查。一旦魏青青答应了张总,工作量会更大,工作会更复杂、更有难度。到时候,她不仅要负责这次总公司对分公司工作的审核,还要和税务局搞好关系。等林美心休假回来后,公司也不能有两个财务主管,魏青青还得从临时财务主管的位置上退下来。

得罪人的事是魏青青最不想做的。和学生时代那个积极活跃的魏青青不同,现在的她只想稳定地生活,不喜欢有负担和压力。一想到如果公司关于财务和审计的工作、与税务局联络的事儿都得由她负责,青青心里就打鼓。

眼看距总部工作人员到来的时间越来越近,张总没办法,只得说尽好话把林美心请回来,又是答应给她涨工资,又是答应延长她的年假。林美心回公司后更加不可一世,张总是哑巴吃黄连,有苦说不出。魏青青断然回绝了张总,张总因此认为魏青青不给自己面子。自此,张总有什么气就撒到魏青青头上。林美心回来后,听说张总在自己不在的时候,找青青来做主管,便一直对青青耿耿于怀,在工作中也总是挑青青的毛病。青青可谓两头受气。

有一次开会,张总指出公司在财务方面有很多不足的地方需要继续改进,并和颜悦色地表扬魏青青的工作表现，让林美心也多听听青青的意见。张总这么做，分明就是在挑拨离间！林美心更认为是魏青青在背后打了自己的小报告，后来她就给青青安排了大量的工作，并处处针对青青。之后，林美心终于等到了青青工作出现纰漏的那一刻，于是向人事部门申请辞退青青。

青青失业了，从公司回来的路上，青青好想找一个"避风港"让自己可以依靠，于是给林浩打了电话，结果没人接听。青青突然就站在路的中间，眼泪止不住地落下，身后没有灯光，眼前是白雾茫茫的一片。为找一份新工作，她投出去不少简历，但至今杳无音信。

外面的小雨淅淅沥沥地下着，青青看着玻璃上的雨滴汇成水流，越来越快地流下来，一筹莫展。

第二章 / 新的开始

人的一生不会一直一帆风顺。当你遇到坎坷的时候不必痛苦,要打起精神来。上帝为你关上一扇门,也会为你打开一扇窗。

第一节 出口企业的新挑战

早上青青在家洗衣服时,手机铃声响了。青青迅速把手擦干,拿起手机。

"你好,请问您是魏青青女士吗?"电话里传来柔和的声音。

"你好,我是。"

"我是大连布罗森服装有限公司(简称布罗森)的 HR(人事专员)。您向我们公司投递了简历,应聘我们公司的外贸会计岗位。我看了您的简历,觉得您基本符合我们的要求。请您周三上午九点半来我们公司面试。"

"好的。"

青青按下挂机键的同时,轻轻地舒了一口气。她找工作已有一个多月了,经济上和心理上都承受了很大的压力。刚开始找工作的时候,得到的面试机会还比较多,但过了两周后,约青青去面试的公司就越来越少了。青青从林浩那里了解到,这是因为现在招人的企业比较少,很多招聘信息是虚挂。所以,只有一开始联系青青的那些企业才真的有用人需求。自青青和林浩毕业以来,就业形势一年比一年严峻。林浩说他今年年初去了一次人才市场,感觉今年就业形势比较悲观,让青青不要挑挑拣拣的,赶紧找一个工作先干着。

青青也知道不能在家里闲着，现在她和林浩两个人都在外租房住，两人每月的房租、生活费是一笔很大的开销。林浩的工作不稳定，青青以前的工资也不算高。以现在的情况来看，两个人5年来辛苦攒下的积蓄，也只够维持半年的生活。在大连这个高消费的地方，青青和林浩吃不能随心所欲，穿也不能去商场买品牌服装。林浩家是本地的，有时候能回家拿一些东西。老人心疼孩子是人之常情，吃的东西拿了就拿了，要是穿的衣服还得要父母给买，就有些说不过去了。

青青最开始找工作的时候，也是抱着赶紧找一家公司先干着的想法。不过，每当谈到薪酬的时候，青青心里就有些不平衡。青青觉得自己已经不是刚毕业的大学生了，而且有5年的工作经验，但一些公司提供的薪酬根本让青青无法接受，她后悔没抓紧把注册会计师（CPA）考完。青青又想起自己在前一家工作单位的情况，觉得自己还是应该找一家管理正规的企业，免得以后还会发生工作变动。

青青在网上查询到她要面试的这家公司的信息，得知这是一家韩资企业，成立于2002年。青青应聘的岗位是外贸会计。虽然以前她没做过外贸方面的会计工作，但是她对自己的学习能力还是比较自信的，她决定抓住这个机会去试一试。

面试时间是九点半，地址是甘井子区红旗镇。去之前，青青在网上查了地图，这个地方离市区较远，坐车的话不堵车也得一个多小时，下车后还要走很长一段路。

青青到公司后，前台的小姑娘正在用韩语接电话。她接完电话，说让青青去楼上的会客室等一会儿，面试她的人会过来。

等了大约六七分钟，一个40岁左右，戴着眼镜的中年人出现在青青面前，他自我介绍道："你好，我是大连布罗森服装有限公司副总经理，崔京宇。"

青青急忙站起来打招呼："你好，崔总。"

崔总一边用手势示意青青坐下，一边询问青青以前的工作经历，边听边点头。了解了青青的情况后，崔总向青青介绍了一下公司的情况：公司是韩资企业,是一家专门从事韩国、日本、美国服装加工的进出口贸易公司,公司总部设在韩国。公司与多个国家均有贸易往来,拥有庞大的客户网络。原来以工厂为主,现在公司为了应对贸易额的增加,决定成立一家外贸公司,需要招一个会计在市内做业务。

青青虽从没有做过外贸公司的会计,但不想失去这次来之不易的机会,她忐忑地说:"我虽然没有做过外贸会计,但我学的专业是会计,我一定会在最短的时间内掌握公司的业务!"

崔总淡淡一笑:"我看你简历上写的工作经验是做过内销的业务,不过你也不要有心理负担,出口型外贸公司的账务处理和操作比出口型的生产企业简单得多,而且工厂这边还有一个非常有经验的赵会计。他是负责做工厂的出口业务的,前期他会和你一起工作,你可以多向他学习。我们这个岗位的工作并不难,我看你在会计岗位上也工作了很长时间,只要你认真学习,应该会很快适应这个工作。你说话很实在,没做过就是没做过,你如实地告诉了我,我看好的就是你身上的这些品质。"

听崔总这么一说,青青暗暗松了一口气。

崔总接着说道,"工资是试用期4 000元,公司给交五险一金,两个月转正后工资调整到6 000元,你看这个薪酬你可以接受吗?"

青青觉得崔总提供的薪酬不太理想,但考虑到自己对外贸企业的业务一点经验也没有,如果能通过这份工作学到更多的东西,那也是不错的。有外贸企业的工作经历,以后再到别的外贸企业求职,会为自己的竞争力加分。

她当即表示工资问题可以接受,接着便问什么时候能来上班。

崔总说:"下周一吧,我先把刚才提到的那个赵会计介绍给你,以后你有什么不懂的,可以直接问他。"

说着,崔总让前台的小姑娘把财务部的赵会计叫进来。不一会儿,赵会计就来了。

"这是咱们公司新来的外贸会计魏青青。她以前没做过外贸会计,希望你前期带一带她。"崔总对赵志刚说罢,又转向青青:"这就是赵志刚会计,负责咱们工厂的出口业务，非常有经验。"

青青友善地笑着说："你好，赵会计。以后请你多指教。"

赵会计也满脸堆笑说："好的。"

赵志刚今年45岁，曾经是国有企业——大连连衣贸易有限公司的会计，而那个时候，崔京宇也是大连连衣贸易有限公司的业务员兼翻译。后来因为公司改制，恰逢崔京宇的客户金社长在大连开设工厂，赵志刚就和崔京宇一起来到了布罗森。所以，赵志刚也算是公司的元老了，就连崔京宇的会计业务也是赵志刚教的。有时，在开财务会议时，赵志刚会给崔京宇提出一些让他难堪的问题，这让崔京宇很纠结。赵志刚这个人，工作做得不错，就是有些得理不饶人，也许在一个岗位上做久了，经验丰富了，人都容易变成这个样子。所以，有的时候，赵志刚这个老会计还真让崔京宇头痛。

赵志刚表示一定会在以后的工作中指导青青，青青也感谢了赵志刚。赵志刚走后，崔京宇跟青青说："赵会计有丰富的外贸会计工作经验，你以后要多向他虚心学习。"

青青口头答应着，心里却担心：这个赵会计看上去不太容易相处，说不准和林美心是一个类型的，以后在工作中一定要多加小心。

青青突然想起来什么，便问："崔总，刚才听你说出口型外贸公司的账务处理和操作比出口型的生产企业简单，我不是太理解，出口企业怎么还有生产和外贸的区别呢？"

第二节 外贸会计的第一课

崔京宇说："当然有区别啊。你可以看一下相关文件，我简单地跟你说一下吧。根据《国家税务总局关于出口退（免）税申报有关问题的公告》（国家税务总局公告2018年第16号），出口企业包括：

"'依法办理工商登记、税务登记、对外贸易经营者备案登记，自营或委托出口货物的单位或个体工商户'。这一条的意思是公司和个体工商户，只要办理了对外贸易经营者备案登记，也就是拥有了进出口权，就是出口企业了。

"这里的公司根据计算退税的方式不一样又分为两个种类，一个是有生产能力的加工企业，也就是出口型的生产企业，一个是没有加工能力的出口型的外贸公司。生产企业执行免抵退税的计算，外贸公司执行免退税计算。

"依法办理工商登记、税务登记但未办理对外贸易经营者备案登记，委托出口货物的生产企业。这一条的意思是有加工能力的企业，也就是生产企业，如果没有办理对外贸易经营者备案登记的话，则没有进出口权，可以委托有进出口权的企业进行出口，那么这个生产企业算作出口企业。"

"崔总，你记得好清楚啊！"青青看着崔京宇说道。

崔京宇笑着说："接触的时间长了，自然就记得了。你慢慢学习，以后也会记得很清楚的。另外，由于2018年以后的退税政策变化比较大，我建议你要是看书的话，最好不要选择2018年之前出版的书籍。你看下国家税务总局公告2018年第16号、《国家税务总局关于发布修订后的〈企业所得税优惠政策事项办理办法〉的公告》（国家税务总局公告2018年第23号）。这两个文件出台后，废除了很多有关出口企业的政策，你多了解一下这两个政策。有不明白的地方，私下可以问问我。"

"您那么忙，我怎么好意思啊！总之，太谢谢您了！我周一就过来上班！"

"嗯，这边的外贸企业刚刚注册了营业执照，还需要你办一下剩余的手续，好吧？"

"好的，那您先忙，下星期一见。"

回去的路上，青青坐在车上回想起自己这5年来的工作经历。她觉得虽然之前的工作提供了一个可以糊口的薪水，但它并没有给自己的职业生涯带来太大的帮助。在这5年的时间里，她不需要学习新知识，除了领导给的人际交往方面的压力以外，自己在工作上还真是一点儿压力都没有。没有困难的工作虽然很安逸，但并没有让自己获得安全感。工作5年后的今天，当她再去应聘时，发现自己的竞争力并没有增加多少。青青下定决心，坚决不能重复过去的错误，她要接受这份自己从未做过的而且有很大挑战性的工作。

青青拿定了主意,一定抓住这次机会,努力干好这份工作。青青扭过头,看到了车窗上映出的略带凝重的脸庞,还有坚定的眼神。

由于刚刚下过大雨,因此,青青觉得视线所及之处的颜色似乎都变得鲜艳了。太阳透过云层放射出几缕光芒,照亮了周围的景致。望着窗外西山的美景,青青的心情舒畅了许多。

第三章 第一个挑战，申请成立外贸公司

出口企业中的外贸公司的相关业务相对简单，对新手来说是一个不错的开始。

第一节 对外贸易经营者备案登记

转眼到了星期一，青青早上八点半就来到了工厂。青青刚到办公室，赵志刚就拿着一个档案袋来到她面前。赵志刚扶了扶眼镜说："小魏，外贸公司的营业执照已经办下来了，还有些后续手续，比如对外贸易经营者备案登记等，需要你自己去办理，你先把剩余手续办完吧。"

青青问："我知道内贸企业需要办理税务登记、组织代码证等，出口企业除了你刚才说的证书，还有哪些证书需要办理？"

赵志刚已经转身准备走了，又继续说："还有海关备案、进出口核销登记、出口退税登记等。"

青青一头雾水，完全不知道要从哪里开始。她想详细问下赵志刚，但赵志刚已经走了，留下一句"你自己上网查查，看看从哪里办起方便"。

青青无奈，拿到赵志刚给的营业执照后，她看了下企业的名字：大连 FH 国际贸易有限公司（简称 FH 贸易公司），看样子这就是布罗森准备成立的外贸公司了。

青青决定先上网查查，看能不能得到一些有用的信息。网上的信息很多，青青一一归纳了出来：出口企业登记、备案所涉及的部门包括各地市场监督

管理局、商务局、海关、外汇管理局、税务局。各地市场监督管理局负责营业执照的办理,要求企业经营范围必须包含进出口,这个已经办完了;商务局办理对外贸易经营者备案登记;海关办理进出口备案及电子口岸登记;外汇管理局办理的是外汇管理登记以及进入外汇管理局的检测系统的贸易外汇收支企业名录;税务局办理出口退税认定。

想到这些都需要办理,青青觉得,应该先理出一个头绪来,否则很可能走冤枉路,影响办事进度。

先从哪里开始呢?青青决定先办理对外贸易经营者备案登记。这决定着公司是否拥有出口权。青青查看了大连市商务局的网站,网站上专门有对外贸易经营者备案登记的模块,上面介绍了办理这个证书需要的材料:

(1) 营业执照副本复印件加盖公章;

(2) 网上填报且书面提交加盖公章的"对外贸易经营者备案登记表"(以下简称"登记表");

(3) 外商投资企业需提交外商投资企业批准证书复印件加盖公章(外商投资企业备案回执);

(4) 个人独资企业或个体户,需提交合法公证机关出具的财产公证;外商独资企业提交验资报告复印件或资金信用证明复印件(有限责任公司不用)。

公司第(1)(3)(4)项的材料都有,第(2)项需要青青在网上填写申报,然后再打印出来。网站是对外贸易经营者备案登记系统(如图3-1)。

图3-1

填写完表格，点击"提交备案登记"，然后将表格打印出来。青青刚把打印好的表格收到文件袋里，又看到旁边有一行说明。说明中要求在刚才打印的表的背面再附一张保证书。青青心想好险，差一点儿就没看见。这些材料都要求一式两份，并加盖公章。听同事说盖公章需要金社长同意并签字，青青把准备好的材料整理在一起，走向社长办公室。

青青进到社长办公室，看到金社长穿着笔挺的黑色西服，搭配一件白衬衫，系着一条蓝领带，整个人显得精神而自信。也许因为金社长在中国工作、生活的时间比较长，所以他的汉语说得非常好。初次见面，青青觉得金社长很和蔼，他只是问了下需要盖公章的原因，就给这些材料盖上了公章。

下午，青青来到区商务局。一个小姑娘在值班，她接过青青带来的材料，翻了翻就在登记表上盖了章。这样，对外贸易经营者备案登记证书就办完了。能办这么快完全出乎青青的意料。青青出了区商务局又跑到市外经贸局把材料递交上去，准备5个工作日后再来取。

第二节　外贸会计新手该了解的出口退税政策

这几天，青青一边等着办理对外贸易经营者备案登记，一边自己学习。有不会的知识，就看看书，或去百度上搜索查询。百度解决不了的问题，她就去问赵志刚。

青青发现赵志刚在教人的时候总是说一半话。比如问他外贸企业需要哪些材料办理退税，他说报关单和增值税发票；再问他，对于发票和报关单有什么要求，他就说你得看政策。再比如，问他外贸企业的收入要折算确认，汇率是选择出口当天还是出口当月的某个工作日，他说都行；再问他是买入价、卖出价还是中间价，他就说你看看政策。看到赵志刚这个样子，青青也不禁为自己的未来担心：我不会遇到一个男版的林美心吧？

其实赵志刚并不是针对青青，他对其他的会计也是这样。赵志刚虽然是公司的元老，但是他总担心自己的地位不稳。在企业发展之初，赵志刚不计个人得失，做了许多工作。作为公司最初的那批员工，其付出的努力和得到的回报并不一定是对等的，许多员工并没有和企业走到最后。在公司最艰难的初创期过后，大部分元老级员工都有了自己的位置。

赵志刚对他现在的职位并不满意，他本是奔着财务总监的位置去的，可没想到的是，成长后的布罗森并没有设置财务总监这个职位。社长下设几个副总，财务副总由金社长的好朋友来担任，而这个人就是赵志刚一手教出来的崔京宇，这让他心里很不平衡。

随着公司规模越来越大，企业招聘来的会计越来越多，赵志刚一直把这些招进来的会计想象成自己的潜在竞争者。虽然布罗森只有短短7年的历史，但是在布罗森做了7年会计的却只有赵志刚一个人。在这7年的时间里，有不少的会计离开了公司，而他们的离职与赵志刚从中作梗不无关系。

对于青青的到来，赵志刚心里并没有放松警惕。尽管青青以前没有相关的工作经验，但是年轻人学东西很快，以前赵志刚也带过几个年轻人，知道年轻人的潜力。赵志刚不会轻看任何人。

带新人是崔京宇交给赵志刚的任务，不管愿不愿意，赵志刚都要教青青一些东西。赵志刚心里合计着，反正我是教你了，至于教你到什么程度，就由我把握了。

赵志刚对工作游刃有余，青青的工作则是一团乱麻。青青认为像这样想到一个问题问他一句，久而久之他也会烦，不如将问题汇总起来一起问他。之后，青青便将所有有关政策看了一遍，然后将自己不懂的问题汇总在表格里，做成选择题，发电子邮件给赵志刚。

赵志刚看到电子邮件后有些哭笑不得。面对这么认真的青青，他找不到不回复的理由。说自己太忙了？青青把所有问题都列成了选择题，只需要选择A、B、C、D就可以了。赵志刚正犹豫间，青青过来了，说："赵老师，我的电子邮件你收到了吗？"

赵志刚说："收到了，我正看呢。你不用叫我老师，叫我赵哥就行了。"

青青笑说："我还是叫你赵老师吧，你在出口企业财务方面的经验比较丰富。我有很多问题想问你，所以汇总了一个表格。你要是能在百忙之中帮我解答一下，我就太感谢你了。我还有一些需要当面请教的问题，如果你中午有时间的话，咱们就在工厂附近的饭馆吃顿饭，你顺便指导我一下。"

赵志刚领会了青青的意思，虽然推脱了几下，但中午还是和青青去了工厂附近的饭馆吃了一顿饭。下午，赵志刚抽出了一些时间把青青归纳的问题，一一做了答复。

结合各种税收政策和赵志刚作的解答，青青心里总算是有数了。随后，青青把整理好的最新政策打印出来装订在一起，以方便翻看。2018年起国家税务总局出台多项出口退税政策，国家外汇管理局也是如此。

青青头昏脑涨地学习了5天。虽然之前赵志刚解答了青青的问题，但是她还有很多困惑。同时，青青也发现赵志刚给出的答案有时和政策不相符，也不知道是赵志刚的答案错了，还是后来政策发生了变化。看样子还真是"师傅领进门，修行在个人"。眼前最紧要的事还是为企业取得进出口经营权，然后到市外经贸局领取对外贸易经营备案登记证书。

第三节　海关进出口货物收发货人备案

青青下一步要办理海关进出口货物收发货人的备案手续，根据海关总署、市场监督管理总局公告2019年第14号《关于〈报关单位注册登记证书〉（进出口货物收发货人）纳入"多证合一"改革的公告》，海关进出口货物收发货人《报关单位注册登记证书》纳入"多证合一"改革。企业在办理工商注册登记时，也可以同步办理进出口货物收发货人的备案登记，并补充填写相关备案信息。市场监管部门按照"多证合一"流程完成登记，并在市场监督管理总局层面完成与海关总署的数据交换。海关确认收到企业工商注册信息和商务备案信息后即完成企业备案，企业无须再到海关办理备案登记手续。

根据这一条，企业在办理工商注册登记时就应该完成进出口货物收发货人备案申请，但是前期手续是赵志刚办理的，他根本没有办理海关备案手续，所以这个手续就得青青处理了。好在根据政策，企业未选择"多证合一"方式提交申请的,仍可以通过中国国际贸易单一窗口(简称单一窗口)或"互联网+海关"提交进出口货物收发货人备案登记申请。

所以,青青不用跑到开发区海关办理手续了,路上和排队等待的时间加起来,少说也得一天,而且要是出现手续不全的情况,还得反复折腾。这也是各级政府部门为了响应国务院倡导的简化企业办理外贸备案手续,壮大外贸主体,促进出口稳定增长的便利举措之一。

青青打开网页,搜索"中国(辽宁)国际贸易单一窗口"。什么是国际贸易单一窗口呢?因为做进出口业务相关手续比较复杂,一会儿海关,一会儿税务,等到所有手续跑完了,黄花菜都凉了。通过一个统一的平台来办理涉及海关、海事、出入境边检、港务、税务等多个监管部门的事务,提高监管效率,降低企业成本。"中国国际贸易单一窗口"由中国电子口岸数据中心负责运行维护。中国电子口岸是经国务院批准,由海关总署会同多个部门,共同建设的跨部门、跨地区、跨行业信息平台。

虽然这个系统功能强大,但是第一次应用这个系统需要注册相关企业信息。于是,青青按照说明注册后,登录系统(如图3-2)。

图3-2

登录系统之后选择"中央标准应用"中的"企业资质",点击"海关企业注册备案"(如图3-3)。

然后,选择"注册登记申请",填写企业信息,保存后提交(见图3-4)。

图3-3

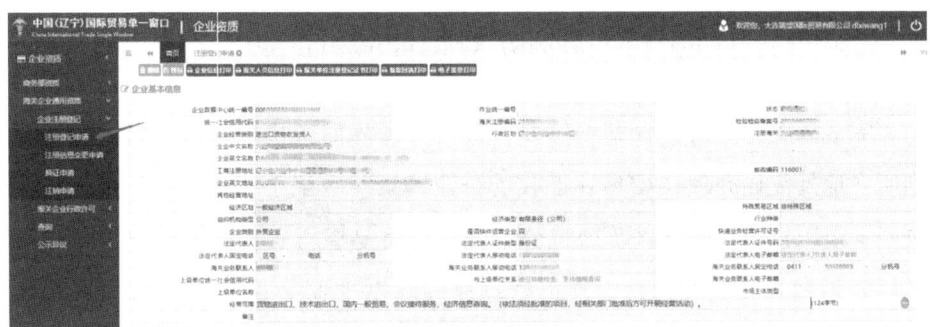

图3-4

青青看到,除了"注册登记申请"功能外,还有"注册信息变更申请""换证申请""注销申请"等功能。查阅了有关政策后,青青了解到,企业日常注册登记内容发生变更的,比如地址、法人、企业名称,应在变更生效之日起30日内在"单一窗口"完成出口收发货人变更手续。

青青办理完海关进出口货物收发货人备案后,将业务情况反馈给赵志刚。赵志刚是很久以前办理的这些手续,很多业务都忘记了,对于新手续也不太了解,便问青青:

"我记得以前企业申请办理进出口收发货人注册备案的时候,海关会给一个登记证书。现在你不去海关了,海关是否核发'报关单位注册登记证书'?"

青青回答:"从2019年2月1日开始,海关不再核发'报关单位注册登记证书'(进出口货物收发货人)。不过我们可以在"单一窗口"里自行打印备案登记回执。"

"原来是这样,回头你最好打印出来。另外,以前我们这个证书有有效期,需要每两年年检一次。延期的手续现在还有吗?"赵志刚问。

"备案长期有效。进出口货物收发货人只要在每年6月30日前,在'国家企业信用信息公示系统',向注册地海关提交《企业信用信息年度报告》就可以了。"

青青的回答让赵志刚非常满意,他频频点头,说道:"现在手续的确简化了很多,效率也高了很多,不错。"

第四节 外汇管理局外汇登记证书和企业名录的办理

完成海关备案后,青青不仅要去银行办理外商直接投资外汇登记,还要到所在地外汇局办理"贸易外汇收支企业名录"登记手续。企业需带上营业执照、组织机构代码证以及加盖公章的对外贸易经营者备案登记表等。办理之后,柜台人员告诉青青,外汇管理局通过网上监测系统对货物和资金流进行监管,新企业刚开始的时候都需要做辅导期的报告。青青听完后不太明白,但是看着柜台人员一脸严肃的样子,她也没好意思再问,便想自己查查资料。

青青回到公司后,拿出外管局的资料,查看辅导期的解释。辅导期指企业列入名录后发生首笔贸易外汇收支业务之日起90天内。辅导期期内的企业,外汇管理局按照A类企业管理。在辅导期结束后10个工作日内,企业应当根据辅导期内实际业务情况,逐笔对应货物进出口与贸易外汇收支或转口贸易外汇收入与支出数据,如实填写A3格式的进出口收付汇信息报告表,再将加盖企业公章的进出口收付汇信息报告表报送至外汇局。所谓收支业务就是企业收到货款和付出货款的行为,收到的国外注册资本不算,必须是贸易外汇。另外,如果企业没有做辅导期报告的话,外汇管理局就会把企业降格为B类企业。举个例子,公司进入企业名录后,如果2019年9月1日收到一笔外汇款10 000美元或者付出外汇款10 000美元,那从9月1日开始到11月29日这90天就是辅导期。辅导期结束后的10个工作日内,也就是在12月13日之前(除去节假日)要向外汇管理局报送进出口收付汇信息报告表。如果公司没有报送,就会被降为B类企业。除了辅导期报告外,有些业务还要在外汇管理检测系统做延期收付款报告、预收预付款报告。这些报告在平常做资金流和货物流的匹配时都起着非常重要的作用。青青想等到具体情况出现后再进行操作,现在先看看理论知识。

小贴士

A类企业进口付汇单证简化,可凭进口报关单、合同或发票等任何一种能够证明交易真实性的单证在银行直接办理付汇,出口收汇无须联网核查;银行办理收付汇审核手续相应简化。

B类企业贸易外汇收支由银行实施电子数据核查。

C类企业贸易外汇收支须经外汇局逐笔登记后办理。

A类企业收付款的手续最为简单。出口企业会计如果不想增加自己的工作量,就要通过达到外汇管理监测系统的要求将本企业保持在A类企业中。

第五节　国家税务总局出口退税备案的办理

青青在准备去税务局进行出口退税的备案工作之前,赵志刚特别嘱咐青青,税务局的出口货物退免税备案一定不能办理晚了。根据税务政策,出口企业或其他单位应于首次申报出口退(免)税时,向主管税务机构提供以下资料,办理出口退(免)税备案手续。

(1)内容填写真实、完整的"出口退(免)税备案表",其中"退税开户银行账号"须从税务登记的银行账号中选择一个填报。

(2)加盖备案登记专用章的"对外贸易经营者备案登记表"。

(3)中华人民共和国海关报关单位注册登记证书。

(4)未办理备案登记发生委托出口业务的生产企业提供委托代理出口协议,不需提供第2目、第3目资料。

(5)主管税务机关要求提供的其他资料。

一旦超过出口货物的退税申报期限就不能退税了。

青青一听,这是件大事,需要马上办理。青青去主管税务机关之前先打了个电话咨询了一下需要带哪些东西。材料带齐了之后,再带上公章、法人章,青青去了国家税务总局大连市税务局。办事人员给了青青一份"出口退(免)税资格认定申请表",青青填完后,备案工作就算完成了。

小贴士

通常,出口退税备案要和一般纳税人认定同时进行,没有被认定为一般纳税人的企业,属于"小规模企业"。小规模企业出口的货物适用免税出口政策,不能退税。根据《国家税务总局关于部分税务行政审批事项取消后有关管理问题的公告》(国家税务总局公告 2015 年第 56 号),取消出口退税资格认定,由原来的审批制度改为备案管理制度,手续相同。

第六节　海关电子口岸的办理

办理电子口岸操作员卡的地方就在开发区海关大楼 2 楼。青青到 2 楼领取了办理指南。

一、准备材料

(1) 企业营业执照副本原件。

(2) 经办人身份证原件(港澳台地区或国外人员,需提供护照等有效证件复印件)。

(3) 加盖单位公章的法人、操作员身份证复印件(港澳台地区或国外人员,需提供护照等有效证件复印件)。复印件务必保证清晰、有效。

(4) "中国电子口岸企业情况登记表"及中国电子口岸企业 IC 卡登记,需用电脑填写、打印并加盖企业公章。

①对于首次入网企业,免费提供 IC 卡(或 WatchKey),包括法人卡一张、操作员(或报关员)卡一张。如仅领取免费卡,则"中国电子口岸企业情况登记表"内不需填写"发票流水号备案"。

②如办理更多操作员卡(或报关员卡),则由企业登录网上平台自行购买,"中国电子口岸企业情况登记表"内需填写"发票流水号备案"。

二、办理流程

携带相关材料到受理点办理,现场完结。

三、用卡注意事项

(1)新办卡有效期为10年,初始密码为88888888,正式使用前必须修改密码。

(2)备案及授权申请。企业根据业务情况自行进行企业海关备案授权、企业外汇备案授权、企业商务部备案申请操作。

小贴士

一笔出口业务的退税款要想正常办理下来,需要完成以下步骤:出口会计先凭借纸质单证进行正式申报,国家税务总局通过审核系统的电子数据与报送的纸质单证进行比对,只有数据无误的,才能予以退税。电子口岸系统是将海关的出口数据从海关传输到国家税务总局审核系统的桥梁。

第二篇　风波中的努力与成长

初入新公司，魏青青虽然受到老业务员的种种刁难，但同时也得到了不少热心同事的帮助。魏青青坚信，在学习的道路上没有"拦路虎"，只要想学，到处都有老师。虽然经历了失恋，但她将主要精力投入学习和工作中，并取得了一些成绩。

第四章　外贸会计新手应了解的出口退税申报基本要素

对于刚接触外贸企业出口业务的菜鸟来说，重点是要了解与出口相关的基础知识，否则在工作中就会出现做错了却不自知的情况。

第一节　外贸企业的一般贸易免退税计算和会计分录

办完电子口岸卡，意味着所有的准备工作都已经完成。青青向崔京宇和赵志刚发了电子邮件，报告了具体的工作情况。崔京宇看过邮件后，把青青叫到办公室。

现在正是布罗森急需用人的时候，崔京宇准备将第一笔业务交给青青来做。崔京宇不清楚青青能不能胜任这项工作，所以想考考青青，看看青青最近学习到什么程度了。

青青到崔京宇的办公室后，看到崔京宇正在看电脑。

崔京宇微笑着说："我看到你的邮件了，工作做得不错。那么，我们就可以试着真正地做一笔自己的出口业务了。魏会计你学得怎么样了，觉得自己可以独立操作吗？"

"我看了一遍业务相关的理论知识，对外贸企业会计的工作有了初步了解"，青青回答道。

"那你说说看，你都了解了哪些相关知识。"

"生产企业退税的计算我还没弄明白,就先不说了。外贸企业的退税流程简单,我就先说说外贸企业。外贸企业退税计算叫作免退税计算,也就是出口货物免税,购进时候发生进项税可以退税。比如,本月我购进货物金额是1 000元,发生进项税170元,如果内销的话,则不含税价格是2 000元,销项税是340元,企业利润是1 000元,应纳税额为170元。如果改为出口,则出口价格还是2 000元,销项税不征税。不征税对我们企业是有一定好处的。但是,我购进的进项税那一部分,根据国家税务总局公告2018年第16号规定,出口企业和其他单位购进出口货物劳务取得的增值税专用发票,应按规定办理增值税专用发票的认证手续。进项税额已计算抵扣的增值税专用发票,不得在申报退(免)税时提供。

"也就是说,购进的进项税不允许抵扣。不抵扣这170元进项税,企业成本不就增加了吗?企业利润不就损失了吗?所以,虽然进项税不能抵扣,但可以退给企业。如果退税率是17%,那么将这170元退给企业,企业的成本就可以降低,这对企业是大有好处的。你看我说得对吗?"

"嗯,看来你这一个月没少学习!我再问问你,退税率是17%的话,可以退170元。如果退税率是13%,那么剩下的4%你怎么处理?"

"那就退130元,剩下的40元并入成本。"所以会计分录是:

借:应收账款　　　　　　　　　　　　　　　　　　　　130
　　贷:应交增值税——出口退税　　　　　　　　　　　130

剩下的40元进成本:

借:主营业务成本　　　　　　　　　　　　　　　　　　40
　　贷:应交增值税——进项税转出　　　　　　　　　　40

青青肯定地回答。

"另外,我注意到国家税务总局的文件说进项税不能抵扣。可是,我们拿到进项发票认证后,如果不知道是内销还是外销的话,那么该如何处理呢?还有,内外销发票都放到一本应交增值税账上的话,如果业务很多,那么岂不是要乱了吗?这些我不太清楚。"青青谦虚地问崔京宇。

崔京宇频频点头说:"你能在这么短的时间内弄清楚核算规则并提出相关

的问题,非常好。至于你说的放到一本账上混乱的问题,国家税务总局规定了,外贸企业一定要分设两本应交增值税账,一本外销的,一本内销的。当你拿到这张进项发票,但没办法确定是内销还是外销的时候,要放到外销账簿上。如果以后弄清楚了这张发票是内销的,再开具转内销证明将相应的进项税额填写到增值税表里予以抵扣。"

"原来是这样,受教了。想出这些规则的人都是高人啊!"

"哈哈,"崔京宇笑道,"假以时日,你也能成为高人。对了,你对出口的报关单了解吗?你应该不是太了解,毕竟普通的会计对财务比较熟悉,而对出口的单证可能不熟。这些你也要了解,能否退税关键要看你的单证是否合格。以后,如果你在这方面有问题,就问下业务部的同事吧。"

刚回到办公室,业务部就打来电话找青青,向青青确认外贸公司的相关财务手续是否办好了。如果已经办好了,就请青青将电子口岸的读卡器、法人卡和操作员卡给他们。青青问了问崔京宇,得到同意后,把相关财务手续给了业务部,又问业务部这笔货物什么时候正式出口,他们的答复是下周。青青心中忐忑,不知道下一步申报退税会遇到什么情况,自己先在脑海中将各种可能的状况演练了一遍。

第二节 初识出口退税相关凭证——报关单

自2018年8月1日起,纸质报关单已取消,全国所有关区全面切换为新报关单,报关单、报检单合并为一张报关单,通过"单一窗口"(包括通过"互联网+海关"接入"单一窗口")报关报检合一界面完成报关报检。

新的一周开始了,青青来到业务部询问出口情况。业务部的小李说,这一票货物上个星期已经出口了。青青问小李:"报关单现在可以给我吗?我需要提前了解一下相关信息。"

小李说,你稍等一下。小李打开办公柜子,拿出一个设备(如图4-1)。

青青看到这个,便问小李:"这不是上次我办理海关电子口岸带回的设备吗?"

图 4-1

小李回答:"对,这个设备用处很大。它不但可以进行报关委托,还可以用于打印报关单。"

小李一边说,一边把这个设备插到电脑的 USB 接口,然后将 IC 卡插入读卡器,打开浏览器,登录中国电子口岸,点击右边的"中国电子口岸执法系统安全技术服务用户登录"(如图 4-2)。

图 4-2

点击之后,出现密码登录界面(如图4-3),小李输入密码,点击确认。

图4-3

进入出口退税模块(如图4-4)。

图4-4

选择出口的月份,搜索报关单,然后点击报关单链接(如图4-5),进行打印。

图 4-5

点击打印(如图4-6)。

图 4-6

随后,青青拿到了打印好的报关单。小李退出电子口岸系统,收好读卡器和IC卡。

一、外贸企业出口货物免退税的申报

根据国家税务总局公告2016年第1号《国家税务总局关于进一步加强出口退(免)税事中事后管理有关问题的公告》、国家税务总局公告2018年第

16号等相关政策，外贸企业出口货物免退税的申报有以下要求。

（一）申报程序和期限

企业当月出口的货物须在次月的增值税纳税申报期内，向主管税务机关办理增值税纳税申报，将适用退（免）税政策的出口货物销售额填报在增值税纳税申报表的"免税货物销售额"栏。

企业应在货物报关出口之日次月起至次年4月30日前的各增值税纳税申报期内，收齐有关凭证，向主管税务机关办理出口货物增值税、消费税免退税申报。经主管税务机关批准的，企业在增值税纳税申报期以外的其他时间也可办理免退税申报。逾期的，企业不得申报免退税。

（二）申报资料

1. 外贸企业出口退税汇总申报表。
2. 外贸企业出口退税进货明细申报表。
3. 外贸企业出口退税出口明细申报表。
4. 出口货物退（免）税申报电子数据。
5. 下列原始凭证：

（1）出口货物报关单（保税区内的出口企业可提供中华人民共和国海关保税区出境货物备案清单，简称出境货物备案清单，下同）。

（2）增值税专用发票（抵扣联）、海关进口增值税专用缴款书。

（3）委托出口的货物，还应提供受托方主管税务机关签发的代理出口货物证明，以及代理出口协议副本（一般贸易自营出口不需要提供）。

（4）属应税消费品的，还应提供消费税专用缴款书或分割单、海关进口消费税专用缴款书。

（5）主管税务机关要求提供的其他资料。

在政策中提到的出口退税申报所需的单据中，青青拿到了报关单。报关单里面的数据，青青第一次接触，有很多不清楚的地方，比如：怎么在月底确认收入？怎么填写增值税报表上的销售额？

带着这些问题,青青又去找赵志刚,将情况如实告诉他。赵志刚自从那次收到青青发送的电子邮件之后,觉得青青是个非常有办法的姑娘,再加上最近工厂的退税业务比较多,赵志刚急于将自己的工作量减少一些。赵志刚耐心地听青青讲完后说:"拿到报关单后,出口金额就有了吧,你就可以进行出口收入确认了。"

"我看了出口方面的书籍,出口收入是按照 FOB 价格来确认的。我对这个不太了解,成交方式有很多,有什么区别和需要注意的吗?"

"当然有。首先,在报关单的成交方式上,一般来说,我们经常用到的 3 种是 FOB(装运港船上交货)、CIF(成本加保险费加运费)和 CFR(成本加运费)。在 FOB 价格条件下,国外客户应负责租船、订舱和投保运输险,也就是运费和保险费的支付与咱们国内出口企业无关。以 CIF 价格成交的,国内出口企业要负责运费和保险事宜;以 CFR 价格成交的,国内出口企业要负责运费事宜。CIF 和 CFR 中的运费、保险费,实际上是国内出口企业为国外客户代办海运托运及保险手续而收取的一笔"暂收款",是运输公司和保险公司的收入,而非国内出口企业的销售收入。因此,应扣除运费、保险费进行计价。也就是说,凡是以 CIF、CFR 的报关方式出口的货物,你在确认收入的时候都要减去运费、保险费,将它转化成 FOB 价格来确认收入。"

"那一张关单上的运费和保费是如何体现的呢?"青青问。

赵志刚让同事小刘拿过一张报关单,对青青说:"这是运费和保费填报的位置(如图 4-7)。在这张报关单上,运费金额是 120 美元,保险费金额是 31.66 美元。你用 CIF 总价 47 974.4 美元减去运费 120 美元,再减去保险费 31.66 美元,就是 FOB 价格,用这个金额来确认收入就可以了,这个金额是 47 822.74 美元。"

青青说:"赵老师,我看备注里已经标明了 FOB 价格。"

"就算标明了你也得算一下,人家要是标注错了呢?另外,你也得知道这个金额是怎么来的。"赵志刚心想,青青还是年轻。

青青连连点头,诚恳地说:"好的。赵老师我什么时候确认收入呢?做内销的时候,我们确认收入最重要的依据是企业已将商品所有权上的主要风险

图4-7 中华人民共和国海关出口货物报关单

和报酬全部转移给购买方,那外销呢?"

赵志刚笑道:"这个说来话长。咱们还要讲讲几种国际贸易的成交方式:FOB、CIF、CRF。成交方式的风险转移是货物在装运港越过船舷之前,卖方必须承担货物丢失或损坏的一切风险。也就是咱们工厂的货物一旦在大连港被吊车吊起来越过船舷,吊索断了,货物掉到船上、滑到海里了都和咱们没有关系。客户该汇款还是得汇款。当然这是理论上的,实际上货物如果真掉进海里了,客户也不可能顺利地汇款。但在货物没越过船舷之前,货物出什么问题,肯定是咱们的责任。

"其他的成交方式,比如 CPT、CIP、DAP、DAT、DDP 等都是在不同地点交货,如果按照以上风险转移的情况来确认收入,时间上恐怕来不及。要是客户指定在欧洲某个特定港口交货,船运过去最少得40天。所以,出口企业统一按照出口报关单上的出口日期来确认销售收入的时间点。例如出口日期是8月12日,你就得在8月底确认收入,在9月的征期内申报增值税,我稍后给你一张国际贸易术语表,你可以看看(见表4-1)。"

表4-1 国际贸易术语表

名称	交货地点	风险转移	运输	保险	运输方式
EXW（工厂交货）	卖方工厂	交货时	买方	买方	各种运输方式
FCA（货交承运人）	交承运人	交货时	买方	买方	各种运输方式
FAS（装运港船边交货）	装运港船边	交货时	买方	买方	海运及内河
FOB（装运港船上交货）	装运港船上	装运港船舷	买方	买方	海运及内河
CFR（成本加运费）	装运港船上	装运港船舷	卖方	买方	海运及内河
CIF（成本加运费加保险费）	装运港船上	装运港船舷	卖方	卖方	海运及内河
CPT（运费付至）	交承运人	交货时	卖方	买方	各种运输方式
CIP（运费加保险费付至）	交承运人	交货时	卖方	卖方	各种运输方式
DAP（目的地交货）	目的港船上或码头	交货时	卖方	卖方	各种运输方式
DAT（运输终端交货）	目的港集散站	交货时	卖方	卖方	各种运输方式
DDP（完税后交货）	指定目的地	交货时	卖方	卖方	各种运输方式

"好多国际贸易术语啊！我明白一些了，谢谢赵老师。"

青青一口一个"老师"，叫得赵志刚心情特别好，仿佛自己真成了教书育人的老师。他说，"你先等一会儿谢我，确认收入还有非常重要的一点。我考考你，你知道汇率怎么确认吗？"

青青也想趁赵志刚今天心情不错，将一些疑惑解决掉。她赶紧回答："这个我知道，出口企业出口货物不论以何种外币结算，凡中国人民银行公布有外汇汇率的，均按财务制度规定的汇率折算成人民币金额登记有关账簿。

"出口企业可以采用当月出口的第一个工作日或当日出口的汇率作为记账汇率（一般为中间价）。不过，大多数企业都是按照出口当月第一个工作日的汇率来确认，按照当日出口的汇率确认太麻烦。比如 8 月 12 日出口的货物，月底确认汇率时，就按照 8 月 1 日中国人民银行网站上公布的中间价确认就可以了（如图 4-8）。赵老师，你看这样对吗？"

图 4-8

> **小贴士**
>
> 虽然 2015 年 5 月 1 日取消了纸制出口退税专用联，但是出口报关单上的各项数据还是需要认真了解的。转口贸易又称中转贸易（intermediary trade）或再输出贸易（re-export trade），是指国际贸易中进出口货品的生意，不是在生产国与消费国之间直接进行，而是通过第三国进行的。转口贸易虽然也是国际贸易的一种，但是由于货物不经过我国关境，无法取得报关单，所以要依靠所有权的转移（也就是海运提单所有权的转移）来确认收入。

第三节　初识出口退税相关凭证——增值税发票

赵志刚想青青果然很聪明，一学就会，但他不想教她太多，否则教会徒弟饿死师傅，便就此打住说："那就这样。你一会儿去业务部，问他们要个报关单回来看看吧。"

青青本来还想再问些其他问题，但看到赵志刚忙别的去了，知道今天到此为止了，于是就去业务部拿了报关单。从业务部回来的时候，经过崔京宇办公室，青青往里面一瞥，正好看见崔京宇在打电话。崔京宇抬头的时候也正好看到了青青，于是示意青青进去等他一下。

打完电话后，崔京宇便问青青出口的货物名称、日期、金额等内容，然后叮嘱青青："工厂也需要报送单开具发票，你拿到后给工厂财务部一份。工厂财务好按照报关单的商品名称和数量开具增值税发票。"

"关于增值税发票，我对内销业务比较了解，后来我在网上搜索了一下出口企业对于增值税发票的要求，崔总你看我总结得对不对。国家税务总局公告2013年第12号要求从2013年5月1日以后报关出口的货物（以出口货物报关单上的出口日期为准），除下款规定以外，出口企业或其他单位申报出口退（免）税提供的出口货物报关单上的第一计量单位、第二计量单位，及出口企业申报的计量单位，至少有一个应同与其匹配的增值税专用发票上的计量单位相符，且上述出口货物报关单、增值税专用发票上的商品名称须相符，否则不得申报出口退（免）税。

"意思是报关单上的商品名称是100%涤纶女士上衣，取得的增值税发票上的商品名称就是100%涤纶女士上衣。报关单上的数量是1 000件，那么你提供的增值税发票上的商品总数也应该是1 000件。报关单上的第一单位是件，第二单位是千克，那你提供的发票上的单位也应该是件或者千克。是不是这样，崔总？"

"没错，三个点一定要都相符，这样才能申报。"

"嗯，我明白了，但下面政策说的那句话我不明白。"

"哪句话？"

"国家税务总局公告2013年第12号里对于发票的阐述有这样一句话：'如属同一货物的多种零部件需要合并报关为同一商品名称的，企业应将出口货物报关单、增值税专用发票上不同商品名称的相关性及不同计量单位的折算标准向主管税务机关书面报告，经主管税务机关确认后，可申报退（免）税。'这是什么意思呢？"

"你看政策很仔细！从字面上看，这个政策很难理解，我也是问了税务局的专家才弄明白的。这主要是说有一些大件商品，其体积比较大，价值比较小，比如自行车，如果组装成成品出口的话比较占用运输的体积，所以为了降低运输成本，将其拆开存放比较好。那么，可能出口1 000辆自行车，但是收到的发票是1 000个车把、2 000个脚蹬、2 000个轮胎。这就需要将不同商品名称、不同计量单位的货品折算标准向主管税务机关书面报告，经主管税务机关确认后，可申请退（免）税。但是，这样的业务比较复杂，少做为妙。估计税务局那边也会请相关人员对其产品进行分析，一来二去，周期就比较长了。"

青青频频点头说："你这么一说，我就明白这个政策了。看来我们要了解一些政策还需要将其与实践相结合，否则，是怎么都不会明白的。"

崔京宇同意道："做会计工作需要不断学习、不断实践，才能触类旁通、有所进步，才能向更高的层次发展。不过，其实做哪一行都是这样的，不能浅尝辄止。"

不知不觉，青青和崔京宇聊了很长时间，她很开心能遇到这样一位能教自己许多新知识的领导。有的领导平常滔滔不绝，其实一无所知，虽然往往好为人师，但只能让员工们表面臣服；有的领导知识渊博、善于沟通、平易近人，员工们往往从心里佩服他。

"多亏崔总的帮助，我现在好像能理解了。有了这些单据之后，还需要在一个退税系统里录入，这个系统我不太了解，有没有系统说明？"

"这你可问倒我了。"崔总笑着说道，"退税系统平常都是财务小王负责的，你问问她吧。"

"好的，那我先过去了"，说完青青就要走。

"等一下。差点忘记跟你说了，以后你不用到工厂来了，人民路那边的办公室需要有人坐班。考虑到有时国外客户来，工厂这边比较远，而且环境也不太好，不适合接待，请客户到市内办公室更方便。金社长偶尔也会去那里办公。你以后要经常去国家税务总局中山市税务局办理业务，去那里坐班比较方便。"

青青非常高兴，因为工厂在郊区，离家太远了，她每天早上很早就得往这边赶，十分不便。崔京宇看出青青很高兴，对她说："你和财务部 Grace（格蕾丝）一起去，要互相监督，按时上下班。你们要保持好公司卫生，有时候社长也会过去接待客户。所以，工作的时候不要认为没有人管束就不认真对待，要更加专心。"

青青忙点头称是，说一定会好好工作。

小贴士

1. 《国家税务总局关于出口企业申报出口货物退（免）税提供收汇资料有关问题的公告》（国家税务总局公告2013年第30号）规定了有些被国家税务总局认定为非正常的外贸企业，在出口申报时还需要提供收汇水单，这里包括银行到账凭证、银行入账凭证、涉外收入申报单等出口收汇凭证。

2. 银行到账凭证指各外汇指定银行收到货款且尚未转入出口企业结算账户前，向出口企业出具的外币到账凭证。

3. 银行入账凭证是指银行对收到货款进行业务审查确认无误的，将其转入企业人民币或外币结算账户时出具的入账凭证。通常转入人民币结算账户时取得的入账凭证被称为银行结汇水单。

4. 涉外收入申报单是指出口企业按照外管局规定对收到货款进行涉外收入申报后，从外汇指定银行取得的申报单留存联。出口至特殊监管区域的，是境内收入申报单。

5. 对于跨境贸易人民币结算的，只需要求企业提供人民币入结算账户后银行出具的入账凭证和涉外收入申报单。

6. 由于企业的出口收汇凭证须作为会计凭证入账，在办理退（免）税申报时，因此出口企业可以提供出口收汇凭证的复印件。复印件上应盖有"此凭证与原件内容完全相符"的印章及企业财务专用章。

第五章 初学出口退税操作系统

如今，会计这个行业的从业人员越来越年轻化。过去，老会计很吃香，有丰富的经验。然而，由于现在很多的税务申报工作需要用到电脑软件，很多老会计对此感到吃力，因此离开了这个行业。年轻会计对电脑软件的操作更加熟悉，他们在工作中更加如鱼得水。

第一节　出口退税申报系统的种类

尽管来公司有一段时间了，但由于前段时间一直在外面跑手续，青青跟办公室里的很多同事都不熟，Grace 就是其中一个。公司里负责出口退税账务处理以及政策把握的是赵志刚，但是进行出口退税系统的数据录入需要大量的电脑操作，这项工作由 Grace 负责。Grace 刚毕业不久，青青经常看她拿着一堆单子敲着电脑的键盘。

青青来到 Grace 跟前，笑着对她说："Grace，现在忙吗？看你天天打字。"

Grace 说："忙啊！我天天都得输入报关单，公司一个月将近七八十票订单呢，都得在征期内输入完，简直忙晕了。青青姐有什么事？"

"崔总让我跟你学习一下出口退税操作系统怎么使用。"

"这事崔总跟我说了。我大致给你讲一下吧，要想掌握这个系统还得靠操作。关键是这个出口退税操作系统分为两个版本，一个是'生产企业出口退税申报系统'，一个是'外贸企业出口退税申报系统'。咱们公司是生产企业，我也只用过生产企业的系统，外贸企业的系统我没有用过，以后咱俩可以一起研究。另外，开发这个退税系统的公司就在咱大连，我有个朋友在他们公司，有时间让他来教咱们。"

青青说："那真是太好了！这个系统在哪里下载？"

"国家税务总局大连市税务局网站上有，另外中国出口退税网上也有，最新版本是'生产企业出口退税申报系统2.1版'和'外贸企业出口退税申报系统2.1版'。"

"需要像财务软件那样花钱购买吗？"

"不需要，这个是免费下载的。"

"那我先下载了解一下。崔总还说，以后咱俩就在市内办公室上班了。"

"真的？他还没告诉我呢。要是那样的话就太好了！我以后每天就不用起那么早了，可以多睡一会儿。"Grace高兴地说道。

对于公司安排Grace来市内和青青一起工作，赵志刚反对过。赵志刚不愿意像Grace这样一个对自己言听计从的帮手离开，但崔京宇说市内办公室的人手不足，不仅财务部的Grace，还有业务部和相关部门的人员也会被调到市内，这也是社长的要求。

其实，赵志刚和崔京宇各有各的理。崔京宇想利用这个机会好好"敲打"赵志刚。最近赵志刚对他安排的事情总是消极对待，他让赵志刚处理的一些和政府部门沟通的工作，赵志刚经常推三阻四。崔京宇觉得有必要让赵志刚清醒下。

第二节　外贸企业出口退税申报系统的下载与安装

市内办公室坐落在中山广场东南角的友谊商城1006室，房间面积72平方米。中山广场初建于沙皇俄国占领时期，当时称尼古拉耶夫广场，是用沙皇尼古拉二世的名字命名的。中华人民共和国成立后，为纪念孙中山先生，改名为中山广场。

青青很早便来到办公室。她打开窗户让新鲜的空气进来，然后开始打扫办公室。

　　Grace 比青青稍微晚到一些。她把一箱资料放在桌子上，然后对青青说："我昨天打电话问了我朋友，我朋友说外贸企业的发票必须认证之后，才能输入退税系统。等工厂那边给你开过来发票，认证完了，咱俩再录入吧。"

　　"行，我今天打电话催他们。我先安装软件。不收钱，对吧？"

　　"免费。你从大连市税务局网站下载吧，那里有安装说明。"

　　"我看到了，是不是这个'外贸企业出口退税申报系统'？"

　　Grace 对青青说："对，就是这个软件。安装这个软件比较麻烦，你得先安装 DotNetFramework4.0_ Full_ x86_ x64 以上版本，否则就会出现安装错误的提示。不过你以后再次进行升级的话，就不用再次安装 Framework 4.0 了。你先试试吧，你可以看看网站上的安装说明。"

　　青青下载好文件后，按照说明的步骤一步一步安装起来。

　　第一步，找到"外贸企业出口退税申报系统"安装文件。

　　第二步，双击后，程序运行时会提示安装程序所需组件（已安装过该组件将不会有提示，即没有图 5-1 至图 5-3 的步骤），单击"安装"，如图 5-1 所示。

图 5-1

第三步,单击"是(Y)",如图5-2所示。如果系统中已安装好组件,则不会提示下载组件,可直接跳到第五步。

图5-2

第四步,系统提示正在下载必要组件,如图5-3所示。

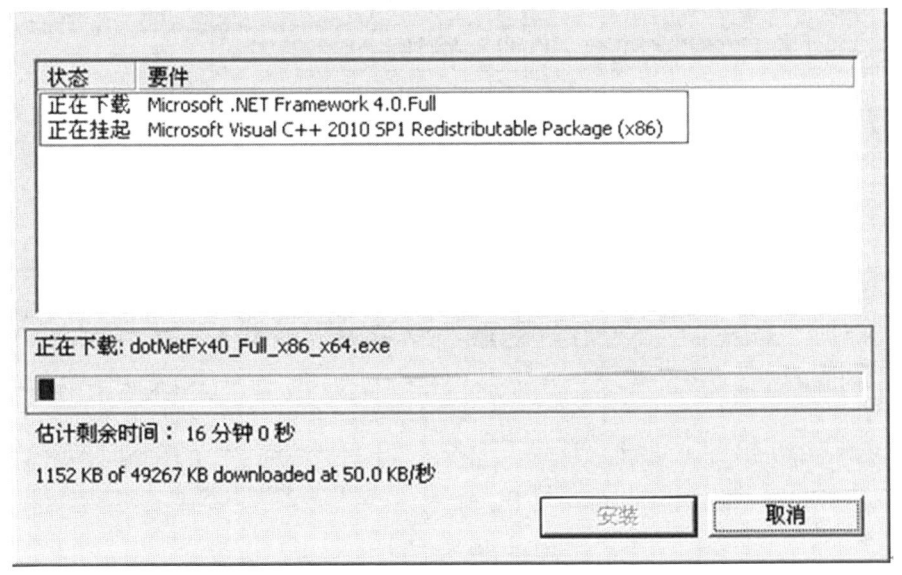

图5-3

下载成功后会自动安装,如图5-4所示。

图 5-4

第一个组件下载完毕后，会自动下载下一个组件，如图 5-5 所示。

图 5-5

第五步，组件自动安装完成，如果系统中已存在组件，则可省略之前三步直接从第五步开始。单击"下一步（N）"，如图 5-6 所示。

图 5-6

第六步,单击"是(Y)",如图 5-7 所示。

图 5-7

第七步，单击"浏览"，选择安装文件路径，建议将安装路径修改成其他盘符，如 D、E、F。改好后单击"确定"，如图 5-8 所示。

图 5-8

第八步，出现申报系统安装提示后，单击"下一步（N）"，如图 5-9 所示。

图 5-9

第九步,单击"下一步(N)",如图5-10所示。

图5-10

第十步,等待系统安装完成,如图5-11所示。

图5-11

第十一步，单击"完成"，程序安装完毕，如图 5 – 12 所示。

图 5 – 12

如果遇到退税系统升级，可以下载补丁文件到"D:"的目录里，然后升级补丁文件，如图 5 – 13 所示。

wm_bd_2.1.09.
190401

图 5 – 13

双击"wm_bd_2.1.09.190401"文件，会出现补丁安装提示。如果前期退税系统是默认安装的，则不用改动安装路径，直接安装即可；如果前期退税系统在安装时修改了安装路径，则补丁的安装路径和申报系统的安装路径务必一致，如图 5 – 14 所示。

最后点击"确定"后安装就完成了，如图 5 – 15 所示。

图 5-14

图 5-15

第三节　外贸企业出口退税系统的进入与配置

为了试一试系统是否可以使用,青青双击进入外贸企业出口退税申报系统,出现的界面如图 5-16 所示。

图 5-16

"Grace,用户名和密码是什么?"青青问道。

"用户名是 sa,没有密码。"

"密码能改吗?"

"能改,不过我劝你别改。上次我改了密码,后来把密码忘记了,还得重新安装,结果当月输入的数据全没了,真是一次血的教训。"

Grace 俏皮地伸了伸舌头。

青青填写了用户名"sa"之后,点击"确认",出现了登记企业信息模块,青青问 Grace:"企业信息的录入需要手动填写吗?"

Grace 说:"新企业需要手动填写,老企业点击'企业信息导入'键,将以前的备份信息导入即可。"

听到 Grace 这么说,青青便将 FH 贸易公司的企业名称、纳税人识别号、海关企业代码一一填写进去,然后问:"填写错了怎么办?还能更改吗?"

"不能。你必须删除系统后重新安装,然后再重新录入企业信息,所以你一定要准确填写。"

青青马上检查了企业信息,还好没有录入错误,然后小心翼翼地点击了"确认"(如图 5-17)。

图 5-17

点击"确认"之后,出现了一个所属期的界面(如图 5-18),青青又问 Grace:"现在不用正式申报,所属期我就随便填一个,可以吧?"

图 5-18

"可以。不过,外贸企业的所属期和生产企业的所属期不一样。生产企业的所属期就是增值税申报的所属期,而外贸企业的所属期我也不太明白,等给我朋友打个电话,问问怎么填写。"

"那你让他有时间过来吧,我请你们俩吃饭。"

"好,我先约他。"

青青选择了"201908"的所属期,进入主系统界面,如图 5-19 所示。

图 5-19

青青对 Grace 说:"是不是系统就可以用了?"

Grace 看了看,点头说:"可以了。不过每年 2 月你要看下左下角的升级信息(如图 5-20)。每年 2 月,税务局要根据海关的商品代码对系统进行升级。你看我是怎么升级的,以后你就按照我的方法做就行了。"

图 5-20

青青睁大眼睛看着 Grace 操作。Grace 先把商品代码下载到 D 盘，然后点击"系统维护"→"代码维护"→"一键升级商品码"，如图 5-21 所示。

图 5-21

选择商品码库压缩文件点击"打开"，如图 5-22 所示。

图 5-22

出现"系统询问"界面，点击"确认"，如图 5-23 所示。

图 5 – 23

再点击"确认",如图 5 – 24 所示。

图 5 – 24

等了一会儿,又出现了一个"系统询问"的模块,点击"确认",如图 5 – 25 所示。

图 5 – 25

最后,看下左下角的当前商品码版本是"CMCODE2019B",就可以了,如图 5 – 26 所示。

图 5-26

青青问 Grace："平常不需要升级商品代码吧？" Grace 说："不需要，每年的 2 月你看一下就行了。"

青青叹了一口气。

Grace 听见青青叹气，问："青青姐，你又叹啥气？"

青青皱着眉头说："安装就这么麻烦，那录入申报得多麻烦啊！"

Grace 说："我听说外贸的退税申报系统操作挺简单的。你都不知道以前生产企业的退税申报系统操作有多麻烦！版本没升级的时候，一会儿提示收齐单证，一会儿提示冲减，一会儿提示信息不齐……我刚接触的时候你都不知道有多难！我来公司之前负责申报的会计因为和赵志刚不合，所以没交接清楚就走了。赵志刚虽然理论知识还行，但一涉及退税系统的具体操作，他就说不清楚。我从来没接触过这个系统，当时也是赶鸭子上架，多亏有朋友教我。不过我也算是天资聪颖，总算是学会了。"

青青也笑了。原来赵志刚对这个系统也不熟悉，难怪前段时间问他，他总是说得模棱两可。

青青希望自己能尽快熟悉这个退税系统。看到 Grace，青青对自己又充满了信心。Grace 性格开朗直率，很好相处。凡是她会的，都会教给青青；她不会的，两个人可以一起研究。Grace 的好朋友对这一方面的业务很熟悉，实在不行可以找他帮忙。青青觉得自己的学习能力不错，再加上 Grace 的帮助，一定会飞速进步的。

小贴士

老企业在第一次进入退税系统时需要点击企业信息导入功能（如图5-27），导入以前退税系统备份的数据。

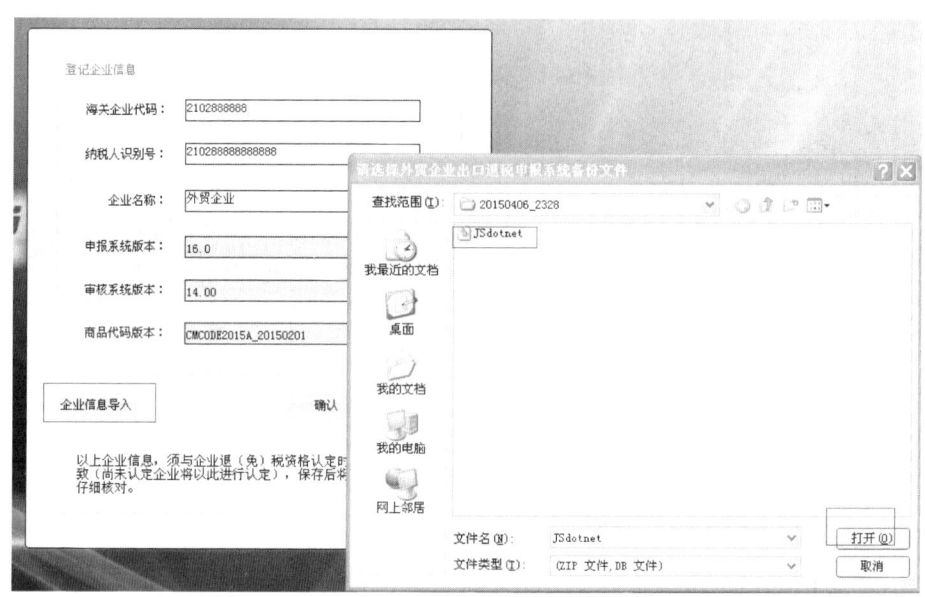

图 5-27

第六章　第一次做外贸企业一般贸易的退税申报

退税申报包括增值税申报和退税系统申报。增值税申报的主要工作是收入和进项票填写，退税系统申报的主要工作是相关单证和电子信息的比对。税什么时候退下来，取决于电子信息到达的时间。

第一节　外贸企业一般贸易的会计分录与增值税申报

在新办公室工作了一段时间，工厂那边将发票送了过来。青青仔细看了看国家税务总局公告2013年第12号的要求，文件里规定："2013年5月1日以后报关出口的货物（以出口货物报关单上的出口日期为准），除下款规定以外，出口企业或其他单位申报出口退（免）税提供的出口货物报关单上的第一计量单位、第二计量单位，及出口企业申报的计量单位，至少有一个应同与其匹配的增值税专用发票上的计量单位相符，且上述出口货物报关单、增值税专用发票上的商品名称须相符，否则不得申报出口退（免）税"。

也就是说，报关单的计量单位、商品名称一定要和增值税发票上的相符。青青拿出报关单和增值税发票比对。

这张报关单（见表6-1）显示：

（1）商品名称：女士西服套装。

(2) 计量单位：641 套，866 千克。

(3) 规格：梭织；上衣、裙子；女式；78 棉 20 涤 2 氨纶。

表 6-1　中华人民共和国海关出口货物报关单

录入编号：000000002　　　　　　　　　　　　　　　海关编号：090820190084116081

出口口岸： 大连大窑湾　0908	备案号：		出口日期：	申报日期： 2019-08-25
境内收发货人： 大连 FH 国际贸易公司	运输方式： 江海运输	运输工具名称： APL SOKHNA/019W		提运单号： SNLHK630100040
生产销售单位： 大连 FH 国际贸易公司	贸易方式： 一般贸易　0110		征免性质： 一般征税　（101）	结汇方式： 电汇
许可证号：	运抵国（地区）： 美国		指运港： 纽约	境内货源地： 大连其他
批准文号：	成交方式： FOB	运费： 0	保费： 0	杂费：
合同协议号： FH2019001	件数： 32	包装种类： 纸箱	毛重（千克）： 1 432	净重（千克）： 1 337
集装箱号： DIGFU9834	随附单据：			
标记唛码及备注：				
项号　商品编号　商品名称、规格型号　数量及单位　最终目的国（地区）　单价　　总价　币值 征免				
1.　62041200　　　女士西服套装　　　　641 套　　　　　美国　　　7.68　4 926.75 USD 　　　　　　　　梭织；上衣、裙子；女　866 千克　　　　　　　　　　　　0.000 　　　　　　　　式；78 棉 20 涤 2 氨纶				
税费征收情况				
录入员 录入单位	兹声明以上申报无讹并承担法律责任			海关审单批注及 放行日期（签章）
报关员 单位地址	申报单位（签章）			审单：　　　审价： 征税　　　统计
邮编　　　　　　电话　　　　　　填制日期				查验　　　放行

增值税发票（见表6-2）显示：

（1）商品名称：女士西服。

（2）计量单位：641套。

（3）规格：梭织；上衣、裙子；女式；78棉20涤2氨纶。

表6-2 增值税专用发票

增值税专用发票
2102020000＝＝＝＝＝＝＝＝＝＝＝＝＝＝＝＝＝＝＝＝＝＝№83550162
抵扣联　　开票日期：2019年8月27日

购货单位	名称：大连FH国际贸易有限公司 纳税人识别号：210202002002002 地址、电话： 开户行及账号：	密码区						
货物或应税劳务名称	规格型号	单位	数量	单价	金额	税率	税额
女士西服	梭织；上衣、裙子；女式；78棉20涤2氨纶	套	641	24.4	15 640	13%	2 033.2
合计					15 640		2 033.2
价税合计（大写）	⊗壹万柒仟陆佰柒拾叁元贰角				（小写）¥17 673.2		
销货单位	名称：大连布罗森服装有限公司 纳税人识别号：210202003003003 地址、电话： 开户行及账号：	备注	合同号：				

青青对比后发现：规格相符、数量相符、计量单位相符，但是增值税发票的商品名称少了"套装"两个字。青青立刻打电话给工厂的赵志刚，问道，"赵老师，我今天收到工厂开具的增值税发票。商品名称是女式西服，比报关单上的出口商品名称少了'套装'两个字。你看能不能拿回去，给我重新开一份？"

赵志刚在电话里无所谓地说："女式西服和女式西服套装一样，没大问题。再说，这都29号月末结账了，你先这样申报吧。"

青青想，如果该税务局通不过，再退发票就更麻烦了。那时候赵志刚再拖延时间，退税款就不知道什么时候才能办下来。青青便坚定地说："赵老师，我刚才打电话询问过税务局负责退税的专员了，这个名称确实不行。"

"那你星期一来工厂换发票吧。"

青青说："下周一就9月1日了，换回来的发票要到9月认证。我现在打车去工厂把发票换了，下午还有时间认证发票，下个月就可以申报退税了。"

"你愿意来就来吧，我让开发票的小秦等你。"

青青放下电话，听到Grace脱口而出："我看赵志刚就是不怀好意，他对政策的熟悉程度不比你强？出现这种事，摆明就是不想配合你。"Grace和赵志刚接触时间比较长，平日受赵志刚的刁难，心中自然有些怨气。而且，她知道赵志刚工作比较细心，不太可能出现这样的问题。

青青到公司的时间虽然很短，但是在和赵志刚的接触中，也感觉到赵志刚经常人前一套，背后一套。此次虽是小事，但也足以给青青敲响警钟：有关申报退税的事情自己应该留神。

青青打车到工厂，拿到重新开好的发票，比对了一下没有什么问题。她回到公司已经16点50分，马上要下班了，但是为了及时认证发票，青青还是坐到办公桌前，打开电脑登录"增值税发票选择确认平台"（如图6-1）。

图6-1

青青插入税控盘,输入密码,登录平台,首先选择"退税批量勾选",其次点击"查询",最后选择"全部勾选"(如图6-2)。

图6-2

勾选完成后,点击"退税确认勾选",再点击"查询",最后点击"确认"完成认证(如图6-3)。

图6-3

最后在出现的退税发票确认汇总里,选择"提交"(如图6-4)。

忙完这一切,青青长出一口气,终于赶在最后一天搞定增值税退税工作。

图 6-4

还好青青及时做完发票认证。

周一,青青刚到公司,就接到崔京宇的电话:"魏会计,上个月的发票都认证了吗?"

"认证完了,崔总,我一会儿就把上个月的账给结了。"

"好的。这是外贸公司的第一笔出口业务,一定要仔细申报。有什么问题随时打电话给我。"崔京宇叮嘱道。

"嗯,我一定把这项工作做好。"青青在电话另一端说。

青青坐在市内的办公室里,拿起报关单,对照着需要本月退税的第一个凭证。根据报关单的FOB总金额确认收入,汇率选择8月1日的,价格采用中国人民银行公布的中间价格：

  借：应收账款——客户 STM Co. LTD 4 926.75×6.80 33 501.9

   贷：主营业务收入——一般贸易   33 501.9

青青将凭证粘贴在后面。业务部给的是形式发票，一年前这个发票还必须去税务局领用，不过大连市税务局现在已经把进出口用的发票取消了。

青青拿到增值税发票准备第二个凭证，根据增值税发票的购进商品来确认库存。

  借：库存商品——出口商品   15 640

   应交税金——应交增值税（进项税额）   2 033.2

   贷：应付账款——大连某服装厂   17 673.2

最后，结转本月的成本。

  借：主营业务成本——一般贸易   15 640

   贷：库存商品 ——出口商品   15 640

剩下的凭证就是公司的费用了，比如工资等。这些业务都是青青以前做过的，很快便完成了。

青青合计着，现在还没有正式申报退税。如果下个月单证和信息都齐了，就可以在做下个月的月末财务处理的时候，增加一个关于出口退税的会计分录。

  借：应收账款——国税退税款   2 033.2

   贷：应缴增值税——出口退税   2 033.2

收到退税款后，就可以做最后一个退税分录了。

  借：银行存款   2 033.2

   贷：应收账款——国税退税   2 033.2

青青希望时间过得快一点，马上就可以拿到退税款。想归想，工作还是要脚踏实地地干。

凭证录入完了，下一步就是填写增值税报表了。打开增值税报表附表2，青青愣住了。通常，内销的话，采购的发票是如表6-3这样填写的。

表6-3 增值税纳税申报表（本期进项税额明细）

纳税人名称：（公章）　　　　　　　　　　　　　　　　　　金额单位：元至角分

一、申报抵扣的进项税额				
项　目	栏次	份数	金额	税额
（一）认证相符的增值税专用发票	1=2+3	1	15 640	2 033.2
其中：本期认证相符且本期申报抵扣	2	0	0	0
前期认证相符且本期申报抵扣	3	0	0	0
（二）其他扣税凭证	4=5+6+7+8a+8b	0	0	0
其中：海关进口增值税专用缴款书	5	0	0	0
农产品收购发票或者销售发票	6	0	0	0
代扣代缴税收缴款凭证	7	0	—	0
加计扣除农产品进项税额	8a	—	—	0
其他	8b	0	0	0
（三）本期用于购建不动产的扣税凭证	9	0	0	0
（四）本期用于抵扣的旅客运输服务扣税凭证	10	0	0	0
（五）外贸企业进项税额抵扣证明	11	—	—	0
当期申报抵扣进项税额合计	12=1+4+11	0	0	0
二、进项税额转出额				
项　目	栏次		税额	
本期进项税额转出额	13=14至23之和		0	
其中：免税项目用	14		0	
集体福利、个人消费	15		0	
非正常损失	16		0	
简易计税方法征税项目用	17		0	
免抵退税办法不得抵扣的进项税额	18		0	
纳税检查调减进项税额	19		0	
红字专用发票信息表注明的进项税额	20		0	

续表

二、进项税额转出额		
项　目	栏次	税额
上期留抵税额抵减欠税	21	0
上期留抵税额退税	22	0
其他应作进项税额转出的情形	23	0
三、待抵扣进项税额				

项　目	栏次	份数	金额	税额
（一）认证相符的增值税专用发票	24	—	—	
期初已认证相符但未申报抵扣	25	0	0	0
本期认证相符且本期未申报抵扣	26	0	0	0
期末已认证相符但未申报抵扣	27	0	0	0
其中：按照税法规定不允许抵扣	28	0	0	0
（二）其他扣税凭证	29＝30至33之和	0	0	0
其中：海关进口增值税专用缴款书	30	0	0	0
农产品收购发票或者销售发票	31	0	0	0
代扣代缴税收缴款凭证	32	0	—	0
其他	33	0	0	0
	34	0	0	0
四、其他				

项　目	栏次	份数	金额	税额
本期认证相符的增值税专用发票	35	0	0	0
代扣代缴税额	36	—	—	0

　　如果这么填写的话，不就把进项税抵扣了吗？如果抵扣了，这张发票就不能申请退（免）税了。国家税务总局规定：进项税额已计算抵扣的增值税专用发票，不得在申报退（免）税时提供。

　　政策已经了解了，具体应该如何填写呢？青青查找资料，找到了《辽宁省国家税务局关于外贸企业增值税纳税申报及财务核算有关问题的公告》（辽宁省国家税务局公告2011年第8号）：（1）外贸企业出口销售额应填入"主表"的第9栏"免税货物销售额"中。(2) 外贸企业用于出口而采购货物取得的防伪税控增值税专用发票,其进项税额不允许抵扣,纳税申报时按规定填入"附表二"的第26栏、27栏中,相应数据不得填入"主表"的第12栏及"附表二"的第二项"进项税额转出额"的各栏中。

那么,除了地方的政策外,有没有国家税务总局的政策呢?青青想了想,又继续查找相关政策。《国家税务总局关于调整增值税纳税申报有关事项的公告》(国家税务总局公告2019年第15号)附件2《〈增值税纳税申报表(一般纳税人适用)〉及其附列资料填写说明》规定:"第28栏'其中:按照税法规定不允许抵扣':反映截至本期期末已认证相符但未申报抵扣的增值税专用发票中,按照税法规定不允许抵扣的增值税专用发票情况。纳税人本期期末已认证相符待抵扣的通行费电子发票应当填写在第24至28栏对应栏次中。"

看到这儿,青青心里有底了。于是,她将这张用于外销的、购进的增值税发票的金额填写到待抵扣的项目里。她在增值税纳税申报表(附表二)的第一栏将这一发票的金额和税额给减掉(见表6-4)。

表6-4 修改后的增值税纳税申报表(附表二)项目内容

纳税人名称:(公章)   金额单位:元至角分

一、申报抵扣的进项税额				
项　目	栏次	份数	金额	税额
(一)认证相符的增值税专用发票	1=2+3	0	0	0
其中:本期认证相符且本期申报抵扣	2	0	0	0
前期认证相符且本期申报抵扣	3	0	0	0
(二)其他扣税凭证	4=5+6+7+8a+8b	0	0	0
其中:海关进口增值税专用缴款书	5	0	0	0
农产品收购发票或者销售发票	6	0	0	0
代扣代缴税收缴款凭证	7	0	—	0

续表

一、申报抵扣的进项税额					
项　目	栏次	份数	金额	税额
加计扣除农产品进项税额	8a	—	—	0
其他	8b	0	0	0
（三）本期用于购建不动产的扣税凭证	9	0	0	0
（四）本期用于抵扣的旅客运输服务扣税凭证	10	0	0	0
（五）外贸企业进项税额抵扣证明	11	—	—	0
当期申报抵扣进项税额合计	12 = 1 + 4 + 11	0	0	0

二、进项税额转出额		
项　目	栏次	税额
本期进项税额转出额	13 = 14 至 23 之和	0
其中：免税项目用	14	0
集体福利、个人消费	15	0
非正常损失	16	0
简易计税方法征税项目用	17	0
免抵退税办法不得抵扣的进项税额	18	0
纳税检查调减进项税额	19	0
红字专用发票信息表注明的进项税额	20	0
上期留抵税额抵减欠税	21	0
上期留抵税额退税	22	0
其他应作进项税额转出的情形	23	0

三、待抵扣进项税额				
项　目	栏次	份数	金额	税额
（一）认证相符的增值税专用发票	24	—	—	—
期初已认证相符但未申报抵扣	25	0	0	0
本期认证相符且本期未申报抵扣	26	1	15 640	2 033.2
期末已认证相符但未申报抵扣	27	1	15 640	2 033.2
其中：按照税法规定不允许抵扣	28	0	0	0
（二）其他扣税凭证	29 = 30 至 33 之和	0	0	0
其中：海关进口增值税专用缴款书	30	0	0	0
农产品收购发票或者销售发票	31	0	0	0

续表

三、待抵扣进项税额				
项目	栏次	份数	金额	税额
代扣代缴税收缴款凭证	32	0	—	0
其他	33	0	0	0
	34	0	0	0
四、其他				
项目	栏次	份数	金额	税额
本期认证相符的增值税专用发票	35	1	15 640	2 033.2
代扣代缴税额	36	—	—	0

再将出口的收入填写到"增值税纳税申报表（主表）"和"增值税纳税申报表（附表一）"的免税货物里，完成本月的正式增值税申报。

"增值税纳税申报表（主表）"项目内容如表6-5所示。

表6-5　增值税纳税申报表（主表）项目内容

项目		栏次	一般项目		即征即退项目	
			本月数	本年累计	本月数	本年累计
销售额	（一）按适用税率计税销售额	1			0	0
	其中：应税货物销售额	2	0	0	0	0
	应税劳务销售额	3	0	0	0	0
	纳税检查调整的销售额	4	0	0	0	0
	（二）按简易办法计税销售额	5	0	0	0	0
	其中：纳税检查调整的销售额	6	0	0	0	0
	（三）免、抵、退办法出口销售额	7	0	0	—	—
	（四）免税销售额	8	33 501.9	33 501.9	—	—
	其中：免税货物销售额	9	33 501.9	33 501.9	—	—
	免税劳务销售额	10	0	0	—	—
税款计算	销项税额	11			0	0
	进项税额	12			0	0
	上期留抵税额	13			0	0
	进项税额转出	14	0	0	0	0
	免、抵、退应退税额	15	0	0		

续表

项　目		栏次	一般项目		即征即退项目	
			本月数	本年累计	本月数	本年累计
税款计算	按适用税率计算的纳税检查应补缴税额	16	0	0	—	—
	应抵扣税额合计	17 = 12 + 13 − 14 − 15 + 16		—	0	0
	实际抵扣税额	18（如 17 < 11，则为 17，否则为 11）	0	0	0	0
	应纳税额	19 = 11 − 18	0	0	0	0
	期末留抵税额	20 = 17 − 18	0	0	0	—
	简易计税办法计算的应纳税额	21	0	0	0	0
	按简易计税办法计算的纳税检查应补缴税额	22	0	0	0	0
	应纳税额减征额	23	0	0	0	0
	应纳税额合计	24 = 19 + 21 − 23	0	0	0	0
税款缴纳	期初未缴税额（多缴为负数）	25	0	0	0	0
	实收出口开具专用缴款书退税额	26	0	0	—	—
	本期已缴税额	27 = 28 + 29 + 30 + 31	0	0	0	0
	①分次预缴税额	28	0	—	0	—
	②出口开具专用缴款书预缴税额	29	0	0	—	—
	③本期缴纳上期应纳税额	30	0	0	0	0
	④本期缴纳欠缴税额	31	0	0	0	0
	期末未缴税额（多缴为负数）	32 = 24 + 25 + 26 − 27	0	0	0	0
	其中：欠缴税额（≥0）	33 = 25 + 26 − 27	0	—	0	—
税款缴纳	本期应补（退）税额	34 = 24 − 28 − 29	0	0	0	0
	即征即退实际退税额	35	—	—	0	0
	期初未缴查补税额	36	0	0	—	—
	本期入库查补税额	37	0	0	—	—
	期末未缴查补税额	38 = 16 + 22 + 36 − 37	0	0	—	—

"增值税纳税申报表（附表二）"项目内容，如表 6 − 6 所示。

表 6-6 增值税纳税申报表（附表一）项目内容

纳税人名称（公章）：大连 FH 国际贸易有限公司
填表日期：2019-09-5
税款所属期间：2019-08-01 至 2019-08-31
纳税人识别号：
金额单位：元至角分

项目及栏次			开具增值税专用发票		开具其他发票		未开具发票		纳税检查调整		合计			服务、不动产和无形资产扣除项目本期实际扣除金额	扣除后	
			销售额	销项(应纳)税额	销售额	销项(应纳)税额	销售额	销项(应纳)税额	销售额	销项(应纳)税额	销售额	销项(应纳)税额	价税合计		含税(免税)销售额	销项(应纳)税额
			1	2	3	4	5	6	7	8	9=1+3+5+7	10=2+4+6+8	11=9+10	12	13=11-12	14=13÷(100%+税率或征收率)×税率或征收率
一、计税方法	全部项目	1 13%税率的货物及加工修理修配劳务	0.00	0.00	0.00	0.00	0.00	0.00	0.00	0.00	0.00	0.00	0.00			
一般计税		2 13%税率的服务、不动产和无形资产	0.00	0.00	0.00	0.00	0.00	0.00	0.00	0.00	0.00	0.00	0.00	0.00	0.00	0.00
		3 9%税率的货物及加工修理修配劳务	0.00	0.00	0.00	0.00	0.00	0.00	0.00	0.00	0.00	0.00	0.00			

续表

项目及栏次		开具增值税专用发票		开具其他发票		未开具发票		纳税检查调整		合计			服务、不动产和无形资产扣除项目本期实际扣除金额	扣除后	
		销售额	销项(应纳)税额	销售额	销项(应纳)税额	销售额	销项(应纳)税额	销售额	销项(应纳)税额	销售额	销项(应纳)税额	价税合计		含税(免税)销售额	销项(应纳)税额
		1	2	3	4	5	6	7	8	9=1+3+5+7	10=2+4+6+8	11=9+10	12	13=11-12	14=13÷(100%+税率或征收率)×税率或征收率
一、计税方法 一般计税	全部项目														
	9%税率的服务、不动产和无形资产	4	0.00	0.00	—	—	0.00	0.00	0.00	0.00	0.00	0.00	0.00	0.00	0.00	0.00
	6%税率	5	0.00	0.00	—	—	0.00	0.00	—	—	0.00	0.00	0.00	0.00	0.00	0.00
其中：即征即退项目	即征即退货物及加工修理修配劳务	6	—	—	—	—	—	—	—	—	0.00	0.00	—	—	—	—
	即征即退服务、不动产和无形资产	7	—	—	—	—	—	—	—	—	0.00	0.00	0.00	0.00	0.00	0.00

续表

项目及栏次		开具增值税专用发票		开具其他发票		未开具发票		纳税检查调整		合计			服务、不动产和无形资产扣除项目本期实际扣除金额	扣除后	
		销售额	销项(应纳)税额	销售额	销项(应纳)税额	销售额	销项(应纳)税额	销售额	销项(应纳)税额	销售额	销项(应纳)税额	价税合计		含税(免税)销售额	销项(应纳)税额
		1	2	3	4	5	6	7	8	9=1+3+5+7	10=2+4+6+8	11=9+10	12	13=11-12	14=13÷(100%+税率或征收率)×税率或征收率
二、简易计税方法 全部征税项目	6%征收率	8	0.00	0.00	—	—	—	—	—	—	—	—	—	—	—	—
	5%征收率的货物及加工修理修配劳务	9a	0.00	0.00	0.00	0.00	0.00	0.00	—	—	0.00	0.00	0.00	—	—	—
	5%征收率的服务、不动产和无形资产	9b	0.00	0.00	0.00	0.00	0.00	0.00	—	—	0.00	0.00	0.00	0.00	0.00	0.00
	4%征收率	10	0.00	0.00	0.00	0.00	0.00	0.00	—	—	0.00	0.00	—	—	—	—
	3%征收率的货物及加工修理修配劳务	11	0.00	0.00	0.00	0.00	0.00	0.00	—	—	0.00	0.00	—	—	—	—

续表

项目及栏次	开具增值税专用发票 销售额 (1)	销项(应纳)税额 (2)	开具其他发票 销售额 (3)	销项(应纳)税额 (4)	未开具发票 销售额 (5)	销项(应纳)税额 (6)	纳税检查调整 销售额 (7)	销项(应纳)税额 (8)	合计 销售额 (9=1+3+5+7)	销项(应纳)税额 (10=2+4+6+8)	价税合计 (11=9+10)	服务、不动产和无形资产扣除项目本期实际扣除金额 (12)	扣除后 含税(免税)销售额 (13=11−12)	销项(应纳)税额 (14=13÷(100%+税率或征收率)×税率或征收率)
二、简易计税方法 全部征收项目 3%征收率的服务、不动产和无形资产 12	0.00	0.00	0.00	0.00	0.00	0.00	—	—	0.00	0.00	0.00	0.00	0.00	0.00
其中：即征即退项目 预征率 0.00% 13a	0.00	0.00	0.00	0.00	0.00	0.00	—	—	0.00	0.00	0.00	0.00	0.00	0.00
预征率 0.00% 13b	0.00	0.00	0.00	0.00	0.00	0.00	—	—	0.00	0.00	0.00	0.00	0.00	0.00
预征率 0.00% 13c	0.00	0.00	0.00	0.00	0.00	0.00	—	—	0.00	0.00	0.00	0.00	0.00	0.00
即征即退货物及加工修理修配劳务 14	—	—	—	—	0.00	0.00	—	—	—	—	—	—	—	—

续表

项目及栏次		开具增值税专用发票		开具其他发票		未开具发票		纳税检查调整		合计			服务、不动产和无形资产扣除项目本期实际扣除金额	扣除后	
		销售额	销项(应纳)税额	销售额	销项(应纳)税额	销售额	销项(应纳)税额	销售额	销项(应纳)税额	销售额 $9=1+3+5+7$	销项(应纳)税额 $10=2+4+6+8$	价税合计 $11=9+10$		含税(免税)销售额 $13=11-12$	销项(应纳)税额 $14=13\div(100\%+税率或征收率)\times税率或征收率$
		1	2	3	4	5	6	7	8	9	10	11	12		
三、简易计税方法		—	—	0.00	0.00	—	—	—	—	0.00	0.00	0.00	0.00	0.00	—
其中:即征即退项目	15	—	—	—	—	—	—	—	—	—	—	—	—	—	—
即征即退服务、不动产和无形资产	16	—	—	0.00	0.00	—	—	—	—	0.00	—	—	—	—	—
三、免抵退税	货物及加工修理修配劳务	17	—	—	0.00	0.00	—	—	—	—	0.00	—	—	—	—	—
	服务、不动产和无形资产	18	0.00	—	0.00	—	33 501.90	—	—	—	33 501.90	—	—	—	—	—
四、免税	货物及加工修理修配劳务	19	—	—	0.00	—	0.00	—	—	—	0.00	—	—	0.00	0.00	—
	服务、不动产和无形资产															

第二节 外贸企业一般贸易的退税系统操作——参数的配置

隔了几天，Grace 的朋友过来了。小伙子姓高，长得也高。他和 Grace 是大学同学，青青笑着对小高说："我今天是'老革命遇到新问题'。平常的会计业务是制作会计分录和报税之类的，而出口企业会计还要用到申报退税系统。我心里一点着落也没有，你可要帮帮我！"

"不用客气，青青姐。Grace 跟我说你和她关系非常好，有什么问题你尽管问吧，只要能帮上你就好。"

青青笑着说："那我就不客气了。我先问你一个问题：外贸企业进入系统的所属期该怎么填写呢？"

"外贸企业的所属期注意两点就可以了。"小高接着举例说明：

"第一，不能跨年。如果是 2018 年 10 月出口的货物，企业要在 2019 年 3 月申报，进入退税系统的所属期是 2018 年 12 月。再晚，录入数据后就保存不了了。

"第二，企业可以申报以前月份所属期的数据。例如 2019 年 1 月出口的货物，企业可以在 2019 年 3 月的征期内，用'201901'所属期进入退税系统进行申报，8 月出口的，可选择'201908'进行申报。"

青青点点头说："好的，我选择'201908'进入系统，进入主界面，下一步要怎么录入？"

图 6-5

"下一步就是查看'系统维护'中的'系统配置信息'(如图6-5)和'企业扩展信息'(如图6-6)这两个模块。这两个模块不能手动修改,只能查看,它们分别显示出口企业的名称、代码等。"

图6-6

小高说:"下面还有一个'系统参数设置与修改',也需要配置(如图6-7)。"

图6-7

"'系统参数设置与修改'有许多模块。在这些模块中需要配置的是'业务方式'这一部分(如图6-8)。"

图6-8

"首先,我建议你把'合理上限'改成6.3。其次,把18位报关单执行日期改成'2011-09-01'格式,合理上限我等会儿跟你说。18位报关单执行日期修改成这个格式是因为在2011年7月1日之前,退税系统只录入报关单号后9位,但是全国的报关单太多了,可能会有重复的数据。所以从2011年7月1日起,退税系统报关单号就改成18位了。各地执行这个日期格式的时间不同,大连的执行时间是2011年9月1日,所以你要改一下。"

小高喝了口水继续说:"这些都是前期工作,不需要经常做。另外,还有一些系统维护的工作,我简单地跟你说一下。"

"首先是'系统口令设置与修改'(如图6-9)。退税系统没有密码,如果你不想让别人看到你的退税数据,你就要在这里设置密码。这样其他用户就不能随便进入你们企业的申报系统了,从而能够起到保密的作用(如图6-10)。"

图 6-9

图 6-10

这时候青青问道:"Grace 上次跟我说不要随便修改密码,怕忘记密码而造成系统数据的丢失。"

小高笑道:"上次她就把密码忘了,结果进不去系统了。虽然系统里也不是什么重要数据,但是平常最好还是不要修改密码。"

"咱们再接着说。其次,'系统维护'里有个'系统初始化'的功能,输入 YES,系统数据就全没了。所以,平常千万不要使用这个功能(如图 6-11)。

图 6-11

"此外,'系统维护'里还有一个'数据优化'的选项。这个功能主要用于错误的数据删除后的清理。数据删除后,虽然表面上没有了,但是有些残留的数据还在系统里,时间长了会影响系统的运行速度。在使用系统的时候如果觉得系统运行得比较慢,进行数据优化会提高系统的运行速度(如图6-12)。

"最后,就是我们经常用到的模块——数据备份和导入了,这个功能需要我们熟练掌握。'系统数据备份'是将我们平常录入的单证数据进行备份,以防系统出现问题,丢失历史数据(如图6-13)。

图6-12

图6-13

"这个功能是非常重要的,每次正式申报完成后,最好做下系统备份。这样在下次正式申报前,如果软件出现问题或者申报的数据出现相关错误,就可以通过'系统备份数据导入'进行恢复数据的操作(如图6-14)。

图6-14

"不过在选择备份数据路径时,不能选默认根目录,要选择备份的子目录'JSdotnet.db'文件进行导入。清空数据库就是清空当前系统的数据,其作用和初始化差不多。更新企业信息即导入数据后不用再像新企业那样重新配置信息,选择这个功能后系统会自动更改信息(如图6-15)。

图6-15

"系统维护里面的内容,我基本上都说完了。青青姐你记录下来了吗?"

"记下来了。"刚才小高说的时候,青青就在认真地记录和思考。小高说完后,青青的问题也来了:"我还有一个问题,如果我硬盘中的数据中病毒了或全都丢失了,又或者我忘记备份系统数据了,怎么办?我的退税数据是不是就全丢失了呢?"

Grace抢在小高之前说,"青青姐,这个我知道。我上次就遇到了这种情况。电脑公司来咱们工厂修电脑,把我的系统重装了。电脑里的数据都没了,我吓得出了一身冷汗。后来你猜怎么着?税务局每次申报的时候,都有咱们备份的数据,我去税务局拷贝了全部反馈数据,然后通过系统读入就可以了。"

"原来是这样。"青青说着,将视线转向小高。

"嗯,如果你遇到这种情况,可以去税务局拷贝数据。通过审核反馈处理的税务机关反馈信息读入,将已经申报过的数据重新读入退税系统里,就能恢复所有的数据了。只不过系统的参数需要你像新企业一样重新配置一下。注意,不是在系统维护里(如图6-16)。"

图 6-16

"我知道了。这样我以后就不用害怕数据丢失了。"看小高讲了那么长时间，青青倒了一杯茶水给小高。小高忙站起来说谢谢。

小高喝了口水继续说："说了这么多，青青姐你先整理下，理顺思路，看看还有什么问题。"

"好的，那我先整理笔记，然后自己操作一下。高老师可以先休息几分钟。"

谭老师授课时间

打开微信扫描以下二维码，观看出口退税申报系统的海关商品代码讲解。

第三节 外贸企业一般贸易的退税系统操作
——出口报关单的录入

青青捋了捋思路,又提出了几个不太明白的知识点,小高都一一做了回答。

看青青没有再问问题,小高说:"现在咱们就可以正式录入出口报关单[①]和进货发票了。"

青青点点头。小高接着说:

"青青姐,你看左边有一栏是退税向导。这个向导平时是自动隐藏的,当你的鼠标移动到左边或者点击右上角的向导按钮时,它就会出现(如图6-17)。

"如果你点击锁定按钮,它就会一直停留在左边,不会消失(如图6-18)。

图 6-17

图 6-18

"在退税申报向导里有'出口明细申报数据录入',你点击一下,把它打开(如图6-19)。

"点开界面之后,第一项是关联号的录入(如图6-20)。"

"什么是关联号呢?"青青问。

"关联号就是将增值税发票和报关单联系在一起,使购进与出口有了对应关系。关联号对于外贸企业来说是非常重要的,它是进货数量和出口数量对应的桥梁。

[①] 自2011年9月1日起,出口企业通过对中国电子口岸"出口退税子系统"中的出口报关单数据进行确认操作,将出口企业符合出口退税申报要求的数据联网读入国家税务总局的出口退税申报系统中。企业可自愿选择原手工录入申报方式或利用联网应用数据进行申报的方式。

图 6-19

图 6-20

"关联号关联的是用于进货业务的增值税发票和出口业务的报关单,它有两个原则不能违背:第一个原则是本企业所有出口货物的关联号都不能重复。第二个原则是同一关联号下相同商品编码下的商品,进货和出口数量是等同的。"

小高告诉青青,关联号由10位数组成。本年出口商品的设置规则是:申报年月6位(前4位为年份,后2位为月份)加本月出口的第N个关联号的4位数字。例如,某外贸企业2019年2月第一批货物申报出口退税时,其关联号为2019020001,之后以此类推,这样关联号就不会重复了。以下4种情况都可以使用一个关联号,即一张进货发票对应一张报关单、多张进货发票对应一张报关单、一张进货发票对应多张报关单、多张进货发票对应多张报关单。

"我建议你以后最好选择第一种情况。外贸企业申请退税,需要两个电子信息,一个是报关单的电子信息,一个是增值税发票的稽核信息。如果一个关联号关联了太多的报关单和发票,一旦某个电子信息没有收到,就会影响其他发票的退税。另外,如果一个关联号项下的退税金额过大,国家税务总局就会对申报严加审核。"

"那我这次输入2019080001,可以吧?"

小高点点头说:"可以。"

"申报年月会自动显示,下面那个申报批次怎么写呢?"

小高认真地回答青青:"申报年月会在敲击回车键后由系统自动选取,选取的日期就是进入系统的申报日期。申报批次需要你自己录入,外贸公司可以一个月多次正式申报。例如,你9月1日申报退税,是这个月的第一次,此次的申报批次就是'01';你9月10日再申报退税,批次就是'02',依次类推。"

"我申报批次填写'01'了,那序号呢?"

"序号是某个批次的第一个记录。系统中有自动排序功能,输入完成后,由系统自动排序。进料加工手册号,如果是一般贸易就不用输入了。你们公司是不用输入的,如果想知道你是不是进料加工业务,就看一下报关单的备案号。如果报关单的备案号是以C和E开头的,就是进料加工业务。注意,下面的发票号码不是增值税发票号码,而是业务部给你的形式发票号码。"

"这个我知道,出口日期就是报关单的出口日期。"

"报关单号的填写很有学问。报关单号一般填写18位海关编号+分隔符

0+2位项号,共21位。你看图6-21这张报关单,海关编号在右上角,项号在商品编码左边,你补齐其他就可以了。"

中华人民共和国海关出口货物报关单

录入编号:000000002				海关编号:090820190084116081	
出口口岸: 大连大窑湾 0908	备案号:		出口日期: 2019-08-25		申报日期: 2019-08-25
境内收发货人: 大连FH贸易有限公司	运输方式: 江海运输	运输工具名称: APL SOKHNA/019W		提运单号: SNLHK630100040	
生产销售单位: 大连FH贸易有限公司	贸易方式: 一般贸易 0110		征免性质: 一般征税 (101)		结汇方式: 电汇
许可证号:	运抵国(地区): 美国		指运港: 纽约		境内货源地: 大连其他
批准文号:	成交方式: FOB	运费: 0	保费: 0		杂费:
合同协议号: FH2019001	件数: 32	包装种类: 纸箱	毛重(公斤): 1 432		净重(公斤): 1 337
集装箱号: DIGFU9834	随附单据:				
标记唛码及备注:					

项号	商品编码	商品名称、规格型号	数量及单位	最终目的国(地区)	单价	总价	币值	征免
1.	62041200	女士西服套装 梭织;上衣、裙子;女 式;78棉20涤2氨纶	641套 866千克	美国	7.68 0.000	4 926.75	USD	

图6-21

"所以,人工录入系统的报关单号是090820190084116081001。报关单标注的成交方式是FOB,美元离岸价格是不是应录入4 926.75?核销单号已经取消了就不用填写了?代理证明号特殊业务需要填写,这里就不用填写了吧?商品编码我可以填写'62041200.90'吗?"青青一口气向小高问了很多问题。

"除了商品编码,其他输入的都对。虽然有时候报关单上的商品编码会出现小数点,但是在系统里填写时不需要这个小数点。自2013年2月1日起,商品代码库升级后,出口货物的编码统一改为8位,也就是62041200。填写完编码后,点击回车,商品名称就会自动显示出来,申报商品代码也会自动显示出来,你要确保它与出口商品代码一致,出口数量按照报关单填写就好。在填写页面最下面还有一个'业务代码'可以选择,这个选项主要用于一些特殊业务,如果有特殊业务就可以选择。国家税务总局在接收你的申报时,会根据特殊业务的要求,让你提供相关的资料,比如跨境贸易人民币交易选择KJ,最多可以选择3个业务类型代码。最后3项,即远期收汇证明、单证不齐标志、备注,在申报里一般不用填写。"

按照小高的指导,青青一步步将出口货物明细的数据录入完成后(如图6-22),点击"保存",并让小高来核对。

关联号	2019080001	部门代码	
部门名称		申报年月	201908
申报批次	01	序号	0001
进料登记册号		出口发票号	FP0001
出口日期	2019-08-25	报关单号	090820190084116081001
美元离岸价	4926.75	美元汇率	680.00000
人民币离岸价	33501.90	核销单号	
代理证明号		商品代码	62041200
商品名称	棉制女式西服套装	下载商品名称	
单位	套	申报商品代码	62041200
申报商品名称	棉制女式西服套装	出口数量	641.0000
实退税数量		平均单价	
出口进货金额		退税率	
退增值税税额		退消费税税额	
业务代码		业务类型	
远期收汇证明		单证不齐标志	

图 6-22

小高看了看说:"对,就是这样。最后,你还要点击上面的'审核认可'按钮,将这个记录打上审核的标志——'R'(如图6-23)。"

青青点击"审核认可",打上"R"标志,完成了报关单的录入(如图6-24)。

图 6–23

图 6–24

> **小贴士**
>
> 业务代码只有在有相关业务的情况才需要填写，一次最多能录入 3 个业务类型。如果在出口明细录入时填写了业务代码，进货明细录入中就要填写相同的业务代码。

第四节　外贸企业一般贸易的退税系统操作——进货发票的录入

小高接着指导青青："接下来，你就要录入进货的增值税发票了。外贸企业出口退税申报系统左边栏'退税申报向导'中的第二条是'进货明细申报数据录入'，点击'增加'后输入就可以了（如图 6–25）。你有了出口报关单的录入经验，发票录入应该能顺利一些。关联号要和出口报关单一致，你试试将发票的项目按照系统的提示录入系统，我在旁边看着。"

青青拿着增值税发票按照系统的提示一步步地录入。

其他项目的录入和出口报关单的录入没有什么区别。录入发票号码的时

图 6-25

候，青青录入数字之后一回车，数字没有了（如图 6-26）。

图 6-26

这时候小高说："发票号码要通过外部数据采集模块读入系统才能显示。填写'进货凭证号'即可。'进货凭证号'是由增值税发票的代码+号码共18位组成的（如图 6-27）。"

图 6-27

"原来如此。下面怎么还有个'分批批次'？它和申报批次的意思一样吗？"

"千万不要把分批批次和申报批次弄混了。分批批次只有进货的数量大于出口数量，而且剩余的货物不能马上出口时才会用到，原因是企业会先申报已经出口的货物。举个例子：你这次进货的数量是1 000件，但是本月只能出口500件，剩下的500件，客户要求很久以后再出口。为了不让本次500件货物的出口申报超期，你可以先申报本次的500件。操作时，你要在'进货明细申报数据录入'的'分批批次'中填写'01'，表示这是这张发票第一次分批。"

青青继续拿着增值税发票录入，录好后给小高看看有没有错误（如图6-28）。

图 6-28

"审核认可了吗？"小高问道，青青忙说："审核认可了，你看在'标识'中有个R。"小高解决了这么多问题，让青青十分佩服，她开玩笑地跟小高说，"大师，你看看还有什么问题？"

小贴士

从 2018 年开始,外贸退税系统的分批单不再填写。企业可以进行分批申报,由审核系统在后台对申报数量进行校验。

第五节 外贸企业一般贸易的退税系统操作——数据检查

小高不好意思地说:"挺好的,输入完报关单和增值税发票,就意味着工作已经初步完成,接着我们就要进入下一步了。第三步是退税申报数据的检查和进货出口数量关联检查。这些检查是检验在同一个关联号、相同的商品编码项下进货的数量和出口的数量是否一致,如果一致的话,则系统不会显示任何提示(如图 6-29);如果不一致,系统就会在窗口显示相应提示。你必须修改正确后,才能进行下一步操作(如图 6-30)。"

图 6-29

青青检查了一下,没有显示错误提示,心里一阵窃喜,对小高说:"下一步是不是换汇成本检查?"

"对,你做一下换汇成本检查(如图 6-31),看看有没有提示信息。"

"小高你看,我的换汇成本显示是 3.175。合理上限是 8,合理下限是 5,

图 6-30

图 6-31

是不是我的计算有错误？这个换汇成本到底是什么意思？"青青疑惑地问。

小高摇摇头说："不是，不能像你这么理解。这个指标不分错误和正确，它只是如实地反映真实情况而已。换汇成本是衡量外贸企业退税是否合理的重要指标。举个例子：假如你现在有630元人民币，当前的美元汇率是1∶6.3，在国内你可以兑换100美元。现在你要做国际贸易的业务，你购买630元人民币的货物用于出口，为了赢取利润，你的出口价格肯定要高于100美元，如果低于100美元的话，你还会做国际贸易吗？"

青青答："当然不会！如果低于100美元出口的话，那么我不是赔钱吗？还不如在国内直接兑换成美元呢。"

"对，那我们来看下国内兑换美元的换汇成本是多少。

630元人民币/100美元=6.3，6.3就是换汇成本。

如果我购进的中国瓷器成本是630元人民币，出口到国外的价格是630

美元,那么换汇成本是多少呢?

630元人民币/630美元=1,1就是换汇成本。

如果我购进中国牛奶花了630元人民币,现在出口到国外,报关价格是63美元,那换汇成本是多少呢?

630元人民币/63美元=10,10就是这单的换汇成本了。

现在你明白了吗,青青姐?"

"明白什么?老外不爱买咱们国家的牛奶?"

小高笑着说:"这个当然不是主要原因,主要原因是这笔贸易盈利越高,换汇成本就越低。这笔贸易盈利越低,甚至赔钱,换汇成本就越高。"

"原来是这样。"青青对于换汇成本有了概念,马上提出了另一个问题:"换汇成本高于多少时会赔钱?低于多少时会赚钱呢?"

"换汇成本高于当前的美元汇率的中间价格6.3会赔钱,低于这个价就可以赚钱。所以,国家税务总局以当前的人民币兑美元的汇率为标准,设定了一个合理上限。如果高于这个上限,则说明你这票业务是赔钱的。一个企业可能由于某些问题,导致某些业务在短期内不赚钱,比如购进的时候没发现质量问题,或为了和这个客户搞好关系,降低产品价格等。在这种情况下,需要企业的工作人员写个情况说明报送国家税务总局。然而,如果国家税务总局发现某家公司的业务长期赔钱,就会怀疑它是否有骗税的嫌疑,国家税务总局就会加大对这家公司出口业务的审核力度。"

"我这次的换汇成本是3.175,是不是说明我的业务是赚钱的?这样就不用进行说明了?"

"是的,盈利的业务是不用进行说明的。你这次计算的结果是3.175,说明你这次业务比较赚钱。如果有的税务局工作人员不明白情况,则还是会让你进行情况说明。到时候你就简单地说下,比如因为商品比较紧俏,所以价格卖得比较高等。

"另外,要注意退税系统里的换汇成本,它的计算和我所说的还是略有不同的。退税系统里的计算还包括一部分进项税转出额,即1 000元购进的货物发生了进项税170元,退税率为16%,有一部分1%不会给你退,那这部分就要进驻成本。如果你报关的金额是 200 美元,那本次的换汇成本就是:[1 000 + 1 000 × (17 - 16)%] /200 = 5.05。"

"换汇成本的计算方法我以后要掌握好,看样子还挺重要的。"青青认可地说道。

"是的,下一步就是检查自检数据的一致性。如果是手工输入的增值税发票,这一步会提示'认证发票信息库为空,不需要检查'(如图 6 - 32)。"

图 6 - 32

"如果发票是通过外部数据采集的,就需要你检查,检查录入的发票与发票库里的信息是否一致。如果一致,系统就会提示自检数据一致性检查通过(如图 6 - 33)。"

图 6 - 33

"小高,你看提示认证发票信息库为空,我就不用管它了,对吧?下一步,我是不是要进行第四步——确认免退税明细申报数据了?"

第六节 外贸企业一般贸易的退税系统操作——预审和正审

"是的,青青姐。接下来你可以点击退税向导第四步'确认明细申报数据',然后点击'确认'(如图6-34)。"小高对青青说。

图6-34

"点击'出口明细申报数据查询',检查录入的数据是否有错误(如图6-35)。"

图6-35

"然后点击'进货明细申报数据查询',检查录入的数据是否有错误(如图 6-36)。"

图 6-36

"最后检查一次,如果出现错误的话,则可以点击'撤销本次申报数据'(如图 6-37)。"

图 6-37

"如果没有问题，就可以进行第五步——免退税申报，退税汇总表的申报录入了。点击'增加'，然后回车，系统会自动计算出相关金额，点击'保存'即可（如图6-38）。"

图6-38

"接着，生成退（免）税申报数据（如图6-39）。"

图6-39

小高告诉青青,"生成申报的电子数据后(如图6-40),预审后将会出现两个结果。

图6-40

第一,如果通过本地申报和远程申报将此数据进行预审,则下载反馈信息后,应打开'退税申报向导第六步→读入税务机关反馈信息→退免税预审信息处理',比对电子信息是否到达,有无疑点信息。如果有电子信息不齐等疑点,则等待下次预审。也可以将此批申报撤销,转至免退税明细数据采集中,将无电子信息的关联号调整为暂不申报,将其他电子信息齐全的关联号进行申报。第二,如果本次申报没有信息疑点,则可将本次数据直接转至税务局形成正式申报。"

小高接着说:"青青姐,你看咱们这个电子信息疑点显示购进增值税发票没有相关的稽核信息。没有这个信息就不能去税务局进行正式申报,自检到这一步就算完成了。"

小高说得太快,内容又太多,青青还有许多不明白的地方,便问:"这些电子信息疑点有哪些种类?来源于哪儿?"

小高回答:"你输入了出口报关单和购货增值税发票这两张单据的数据,所以也需要两个电子信息与之进行比对。出口报关单的电子信息是货物出口后由海关传输给国家税务总局的,需要你与电子口岸中的'出口退税'模块比对出口数据是否正确。如果正确,那么可以将报关单、电子信息报送国家税务总局,国家税务总局再分发给各个地方税务局。最后,再和我们申报的单证信息进行比对。青青姐,你报送了吗?"

"电子口岸我办过,拿到了一些设备。业务部的小张说报关要用,我都给他了,一会儿我打电话问问他报送了吗。还有,增值税发票的电子信息也需要报送吗?"

"不需要,只要你发票认证了,就会有电子信息。但是这个电子信息也分两类:一类是认证信息,一类是稽核信息。一般做了两年出口业务的企业,如果业务都是正常的,并且达到一定标准,就会升级为二类企业。那么,只要拿到发票的认证信息,就符合要求。发票认证信息一般一个月内就能收到。新企业比较受关注,它们属于三类出口企业,国家税务总局需要将发票认证信息和销货方的发票抄税信息进行比对,得到一个稽核信息,然后发到地方税务局。获得发票稽核信息需要的时间比较长,一般最长 60 天。"

"那就是说,只有这两个信息都到了之后,我才能去税务局正式申报?"

"你说得没错,除了这两个电子信息,还有一些电子信息也会影响正式申报的结果,比如图 6-41 所示的疑点。疑点包括关注商品的疑点和关注企业的疑点。图 6-42 中的疑点就是关注商品的疑点,比如关注单价较高、退税

图 6-41

率高且重量较轻或体积较小的贵重商品，手表、照相机及其配件等。关注企业的疑点是关注那些涉嫌偷税、骗税、虚开或接受虚开发票的企业，这些疑点意味着企业可能会发生骗取退税的行为。对于关注企业级别为二级及以上的企业，关注商品级别为三级及以上的企业，税务局有权力对外贸公司及其销货单位进行函调核查，以确认你这笔退税业务的真实性。通过函调核查之后，企业可以进行正式的退税申报。"

图 6-42

"那我的发票稽核信息还没有到，现在我只能等稽核信息到了才能进行下一步。下一步是什么？"

"如果这两个电子信息，也就是报关单和发票的电子信息都到了，并且也没有其他疑点的话，就可以打印出口报关单和进货发票，以及汇总申报资料，并携带所有电子数据到税务局进行正式申报了。"

青青听到这儿急忙问："有疑点信息需要修改的话，怎么撤销申报呢？为什么我找不到撤销的界面？"

小高说："这个操作不叫撤销，叫转成待申报。在向导第六步'审核反馈处理'里,点击'已申报出口明细申报数据查询',选择'转待申报',如图6-43所示。在设置申报标志界面,将当前关联号转为待申报即可。"

图 6-43

青青说:"直接叫撤销申报数据不是更好吗?"

小高摸摸脑袋笑着说:"我也是这么想的,不知道为什么叫这个名字。到读入税务机关反馈信息这一步,外贸企业出口退税申报的流程也就基本结束了。"

小高终于讲完了,青青的笔记本也记了满满的几页。小高还告诉青青,这只是一般贸易的出口退税申报流程。除此之外,还有单证申报等,但不经常用,以后自己在工作中摸索就好了。

中午,青青请 Grace 和小高在附近的饭馆吃了顿饭,边吃边聊。青青说:"今天小高给我讲了一上午,我才知道退税系统这么复杂。我要是一开始就知道这么复杂,这个工作可能就接不了了。如果没有小高的帮助,我可就成'瞎子摸象'了。"

小高说:"万事开头难。虽然你现在觉得难,但是用一段时间也就熟练了。我经常看到很多岁数大的会计,用这个系统时间长了就很熟练了。"

Grace 说:"青青姐,你肯定可以的。外贸企业退税系统的操作还算是比较容易的,连那些老会计都能学会,我们年轻人一定可以的。"

听他们这么鼓励自己,青青信心满满地说:"嗯,我一定会弄明白的。除了这个系统外,我还有很多业务上的问题不太明白,比如什么是来料加工、什么是进料加工,什么样的业务退税、什么样的业务免税。有没有什么课程能够让我系统地学习一下呢?"

Grace 接过来说:"上次有个培训机构举办了一场出口退税培训,系统地给我们公司的员工讲了一遍。其中有个姓谭的老师讲得非常不错。下个月他们又要办培训班,培训邮件刚好发到我信箱里了,你可以向崔经理申请,参加培训,一定会有很大收获。"

"等你上班的时候把邮件发给我吧。另外,小高,我想问你,在退税系统里最晚什么时候完成申报?我得注意,千万别忘记了。"青青又问道。

小高回答:"外贸企业的退税申报应在出口之日次月起至次年 4 月 30 日前的各增值税纳税申报期内申报。也就是说,2019 年所有出口的货物都可以在 2020 年 4 月 30 日前收齐有关单证并进行退税申报。如果没有在 4 月 30 日前进行退税申报,可以在 5 月选择免税申报;如果 5 月的免税申报也没有做,则 6 月可以选择内销征税申报。"

听到这儿,青青问:"要是 6 月也没有申报呢?"

小高笑着说:"那就要交完罚款,再进行内销申报了。"

谭老师授课时间

打开微信扫描二维码,观看出口退税申报系统综合出口退税平台自检操作。

经过了一个月的耐心等待,青青的增值税发票稽核信息、报关单的退税专用联和报关单的出口电子信息终于都到了。单证和电子信息都齐了,青青兴冲冲地拿着准备好的相关资料到当地税务局大厅进行正式申报。青青来到当地税务大厅的退税窗口,递上全部资料。税务窗口人员接过资料,在电脑上操作一番,随后拿出一张表格交给青青。

"你们公司是第一次申请退税,请把表格交给退税专管员,由他审批并进行函调。"

"函调?"

"对!每个企业的第一次退税都要函调。"

出了意料之外的情况,青青只得找到退税专管员:"您好!这是窗口给的表格,请您帮忙审批我们公司的第一笔出口退税资料。"

退税专管员一件件仔细地查看青青递上的退税相关资料,之后对她说:"你还要填一份外贸企业出口业务自查表,并交来和退税相关的会计凭证的复印件。相关表格在网站上,你下载就可以填了。"

青青回到公司下载了相关表格,并如实填写表6-7以及表6-8。

第二天,青青带着一套按要求重新整理的外贸自查资料来到当地税务局,交给退税专管员,退税专管员王姐审核后签字。青青看王姐审核完毕,便问:"我们公司以后的出口业务还要做自查表吗?"

王姐淡淡地说:"这要看具体情况了。如果你们的业务不是受关注的业务就不用。"

王姐签完字后,又将这些资料转给税务局科长审核、签字、盖章。最后,青青将带有税务红章、领导签字的资料交给大厅里的小姑娘。小姑娘看后落笔签名,随后对青青说:"我们将你们的退税资料报送上去,待函调结果出来后,会打电话通知你们。"

两个月之后,青青查了查银行账户,发现退税款已经到账了,青青第一时间向崔京宇报告情况。至此,青青终于长吁一口气:成功了,这个工作自己总算能胜任了。

表6-7 外贸企业出口业务自查表

编号：2019080001

出口企业名称	大连FH国际贸易有限公司	出口企业海关代码	2109965034
纳税人识别号	210203777253200	出口企业办公地址	大连市××区××路8号1009
出口方式：□自营出口 □委托出口		企业登记注册类型	私营有限公司
1. 出口基本情况		2. 出口业务洽谈情况		3. 报关、运输、保险情况	

报关单号	0901210001 2011 1075	外商名称	ITOCHU MODEPAL	报关单位	锦辉物流
出口日期	20190825	出口合同号	FH20140824	运输单位	锦辉物流
出口口岸	大连大窑湾	出口合同签订人		运输方式	江海运输
出口国别	中国	中间人姓名	无	价格成交方式	FOB
出口商品名称	棉织女士西服套装	出口业务属中间人介绍	身份证号码或护照号码	无	提单、运单号码	无
出口商品代码	62041200		电话（手机）	无	运费币别及金额	无
出口商品数量/单位	641条	是否由其委托报关：□是 □否		保险公司名称	无
出口币别及金额	USD4 926.75	出口企业委托报关人	锦辉物流	保险合同号	无
出口商品发货单位	大连FH国际贸易有限公司			保险币别及金额	无

□是 □否存在报关出口商品名称与本企业实际外购或委托加工不一致。

续表

4. 收款及外汇核销情况

外汇核销单号码	无	收汇日期	20190829	结汇水单号码	1418300001
收汇币别及金额	USD4 926.75	收款银行	工商中山支行	付款人（或单位）	ITOCHU MODEPAL.
结汇方式	信用证	收款账户	34020033345490690l	付款银行全称	无

5. 出口企业国内采购商品情况填写附表1，附表1共___页。出口企业委托加工情况填写附表2，附表2共___页，附表3共___页。

6. 出口情况：□本企业将空白报关单交由中间人办理
   □公司自行认识外商并签订出口合同　　□公司通过中间人介绍认识外商并签订出口合同
   □公司未接触外商通过中间人传递签订出口合同　　□公司通过中间人介绍出口业务，不需要签订出口合同

7. 国内采购合同签订情况：
   □公司自行寻找国内供货企业并签订采购合同　　□公司通过中间人介绍认识供货企业并签订采购合同
   □公司未接触供货企业通过中间人传递签订采购合同　　□公司通过中间人介绍国内购销业务，不需要签订采购合同
   公司业务经办人是否到过供货企业并看过商品：□是　□否
   □采购商品由中间人自提并未交本企业　　□采购商品的增值税专用发票由中间人提供

8. 对此笔出口业务以及国内采购业务，除以上所列内容，公司需要补充 □是 □否。如有，填写如下：
   □本公司自愿放弃该笔出口退税业务，并自愿撤回原申报。□本公司维持原申报。

声明：本表以及附表和补充说明填报内容是真实无误的。否则，本企业以及本人愿承担由此产生的相关责任。

本企业业务经办人	签字	魏青青	电话（手机）	1390423×××	出口企业：（公章）
业务批准人			财务负责人	签字	魏青青	电话（手机）	1390423×××
			法定代表人		金某某		

日期：2019年9月26日

填表说明：需提供有关资料原件或盖章证明"与原件相符"的复印件。①国内采购商品或委托加工的付款单据，购销或委托加工合同，运输单据及运费发票，运费支付凭证；②出口合同，出口货物运输单据，运输费发票及运费支付凭证；③委托报关合同及支付凭证，口岸理货费发票及支付凭证；④结汇水单；⑤其他税务机关在审核中要求提供的资料。

表6-8 国内采购商品情况明细表

编号：(同主表)

项 目		内 容
增值税专用发票代码、号码		22000841400894587
供货企业	供货企业名称	大连布罗森服装有限公司
	纳税人识别号	××××××××××××××
	供货企业地址	大连市某某区
	购销合同号	20190717
	购销合同签订时间	2019年7月17日
	购销合同商品名称、品牌规格	棉织女士西服套装
增值税专用发票内容	开具日期	20190827
	商品名称	棉织女士西服套装
	数量/单位	641套
	计税金额及税额	15 640元　2 033.2元
付款及收款人情况	已付货款及税款	17 673.2元
	货款税款支付单据号	dk8492003
	未付货款及税款原因	无
	货款及税款支付方式	银行转账
	付款日期	20190919
	付款记账科目	银行存款
	收款人（或单位）	大连FH国际贸易有限公司
	收款人开户银行	
	收款人银行账号	3400202109300194315
	收款人银行卡开户行	无
	收款人银行卡号	无

续表

项　目		内　容	
采购商品在国内运输情况	运输单位	供货方提供	
	运输单位纳税人识别号		
	运费发票号		
	运费		
	运费支付单位（支付人）		
	运输方式		
	运输单据名称及号码		
	运输商品名称		
	运输商品数量		
	运输商品重量		
	运输商品体积		
	发货单位		
	发货地址		
	发货时间		
	发货人姓名		
	发货人电话（手机）		
	运达地址		
	商品接收签字人		
	接收人所属单位		
	本公司入库单号		

我公司对报关单号为　　　　　　　　　　的出口业务，需要补充说明如下
填写人：（签字）　　　　　　　填写日期：　　　　　　　　出口企业：（公章）

第七章 了解生产企业一般贸易的退税申报流程

生产企业由于计算退税的方式不同,因此在增值税申报、退税系统申报、会计分录的填写方式、单证管理等方面出现了很多与外贸公司不同的地方。

第一节 生产企业一般贸易免抵退税核算

在青青耐心等待公司退税申报的这段时间,公司的业务比较少。于是,青青平常帮忙接待一下韩国总部和大连工厂的同事们,金社长也经常来市内办公室办公。

在与青青为数不多的交流中,金社长偶尔会流露出他对今后国内出口行业的展望。金社长认为2000年左右是中国外贸行业的鼎盛时期,那时候做外贸生意的利润比较高。近年来,随着中国经济的发展,商品的利润普遍降低,而且企业间的竞争日趋激烈,大批低层次的商品会被淘汰。因此,企业要有品牌化的商品,不能依靠订单生存,同时,还要实现国内外共同发展。这样,企业才能在激烈的国际市场竞争中生存。

金社长的目标是需要很长一段时间才能实现的。目前需要做的是,让公司各个部门提出一些增加企业利润和降低企业成本的建议,来帮助企业渡过难关。金社长希望青青不仅要熟练掌握外贸企业的退税业务,还要学习生产企业的退税业务。他希望青青能够从财务的角度提出好的建议,使企业在退税订单上增加利润和降低成本。

平时只要一有闲暇,青青就会学习退税方面的知识,遇到不了解的问题,她就向崔京宇、Grace 和小高请教。现在,整个出口业务的流程在青青的脑海里越来越清晰。

青青参加了上次 Grace 说的出口退税业务培训,这次培训让她受益匪浅。谭老师讲得详细又专业,非常精彩。一些业务难点以及政策上不明白的问题,经过谭老师的讲解,青青也都弄明白了。

Grace 经常和青青讨论生产企业出口业务中的问题。两个人在讨论的过程中发现了一些问题,并一起努力解决了这些问题。青青对生产企业的账务、核算和退税系统的操作有了更加深刻的理解。

青青发现,生产企业的免抵退税计算比外贸企业的免退税计算复杂得多。首先,生产企业免抵退税的定义在财税 2012 年第 39 号文件中体现为:"生产企业出口自产货物和视同自产货物及对外提供加工修理修配劳务,以及列名生产企业出口非自产货物,免征增值税,相应的进项税额抵减应纳增值税额,未抵减完的部分予以退还。"

也就是说,生产企业出口货物免征增值税。国内的进项税抵扣内销销项税后,如果还有剩余,则退还给企业。青青通过计算,觉得生产企业免抵退税的定义说得不是很准确:除非货物征税率和退税率是一致的,否则本次出口货物的征退税之差要缴纳外销的销项税。所以,出口免征增值税准确地说应该是免征部分增值税。

举个例子:

8 月出口的货物离岸价格为人民币 100 000 元,这批货物的征税率是 13%,退税率是 9%,内销 50 000 元(不含税价格),本期进项税额合计 12 000 元。如果计算退税,那么第一步就是计算外销的销项税额,即 $100\,000 \times (13-9)\% = 4\,000$,会计分录是:

借:主营业务成本   4 000
    贷:应交增值税——进项税转出   4 000

如果本期没有进项税和销项税的话,本期就需要缴纳 4 000 元的应纳税额。

国家税务总局文件里称这个金额为免抵退税不得免征和抵扣的税款，青青觉得这个名称不好理解，就管它叫外销的销项税额。

第二步，计算内销货物的销项税额。如果本期内销了 50 000 元的货物，销项税就是 50 000×13% = 6 500 元。

第三步，计算本期认证的进项税额和上期留底税额，合计是 12 000 元。

第四步，计算本期是有应纳税额，还是有留底税额。

外销销项税 + 内销销项税 − 本期进项税 − 上期留底税 = 4 000 + 6 500 − 12 000 = −1 500 元。出现留底税 1 500 元，说明本期不用考虑交税了，可以考虑退税。退多少要看出口额和退税率的乘积是多少。

第五步，计算免抵退税额。出口货物离岸价格×退税率 = 100 000×9% = 9 000元。这 9 000 元就是理论上企业最多能退的税款，为什么叫作理论上最多能退的呢？

因为如果计算实际的退税款，那么岂不是企业出口金额为 10 万元也能退税，出口金额为 100 万元也能退税了？这肯定是不可以的。最终退多少税，取决于企业本期有多少进项留底。

本期留底税额是 1 500 元，所以理论上最多能退税 9 000 元，但实际上只能给企业退税 1 500 元，而另外的 7 500 元就是免抵税额了。青青曾经问过 Grace："下期如果我又有认证的进项税额了，还可以把这 7 500 元退回来吗？"

Grace 笑着对青青说："哪有那么好的事儿？本月产生，本月结算。即使以后有进项税额，也不会再退之前的免抵税额了，而且免抵税额还要缴纳 12% 的附加税呢，就像咱们的应纳税额。如果本月有应纳税额，就得交税。下个月就算有进项税，也是下个月抵扣的事情了。"

"你这样说我就明白了。如果企业想不交免抵税额的附加税，就只有加大本期的进项税额了吧？"

"进项税额也是有一定限度的，企业就算想加大，也不见得有，不过企业可以选择人为拖后申报。国家税务总局公告 2018 年第 16 号文件出台后，要求生产企业退税申报单证收齐后才能申报。企业可以故意不收齐这些单证，但最晚只能拖到次年的 4 月 30 日。企业申报时间向后延迟，就可以拿回进项税票,这样,企业就可以少产生点免抵税额了。"

"这方法实在高明,以后你也姓高吧!"

"这其实也是日常经验的积累。不过,我不会这么做。从长远来看,这种做法只不过给企业资金提供了周转的便利,但是,如果本月拿到进项税额本月退的话,就不能抵扣下个月的内销销项税了。本月没拿到进项税票,下个月拿到后也可以抵扣内销销项税额,所以是平衡的。我不是崔经理,公司有钱就先交税,我筹划半天,他也不会给我涨工资。"

"也不能这么说。说不定遇到资金紧张的时候,你的建议解决了公司的燃眉之急,崔经理就把你提到副经理位置了。"

"我倒不奢望什么经理,能给我涨点儿工资,我就知足了。青青姐……"Grace略微停顿,接着说,"我不打算在这个公司长干。我和小高都想回老家去。大连物价高、房价高、工资低,在这里生活压力太大了。"

"你已经在大连工作那么长时间了,而且很多朋友也都在大连,就这样回去,不是挺可惜的吗?"

"的确挺可惜的,不过那也是没办法的事。老家那边工资比大连的工资低一点,但消费水平比大连低很多。不管怎样,在老家的生活质量肯定会比在大连高一些。"

"嗯,也是!"听到Grace这么说,青青也若有所思。在大连,成功的机会虽然很多,但与少数成功的例子相比,失败的例子更是俯拾皆是。通向成功的道路有很多条,但是通向失败的道路只有一条,那便是失去面对生活的勇气。

青青又想到了自己的选择,人生不过是由一个个小的选择组成的。在职业方面,她有其他的选择吗?肯定有,只不过青青目前还没想到自己除了会计工作,还能做什么。

职业生涯的发展一旦中断,就意味着要重新开始。换一个行业,继续拿最基础的工资,然后在这个行业经过若干年的努力,做到某个位置上。就算有勇气挑战新的行业,谁也无法确定新行业能否让你登上职业生涯的高峰。临渊羡鱼不如退而结网,还是先把自己的本职工作做好吧。

其实，青青觉得自己的性格挺适合做会计的。只不过，青青觉得自己心里有一种空空的感觉，这感觉不是空白，而是虚无。青青突然意识到，在自己的人生中，她很少做选择。从小学到高中她基本没有什么选择的机会，大学时的专业是父母帮着选的，毕业后留在大连也是因为林浩的坚持。

说到林浩，青青想到自从两个人生活在一起后，彼此之间的交流变得越来越少。她不明白，他们的关系为什么会变成这个样子。

青青正想着，手机响了，她一看，是林浩打来的。林浩约青青晚上见个面，说有事情要告诉青青。

晚上，青青来到约好的地方，但她没有想到林浩想跟她谈的事情竟然是分手……

青青回到家的时候，发现林浩已经把他的东西都拿走了。他是什么时候带走的呢？青青居然没有注意到。原来，真正的离别是悄无声息的。这几年，她对林浩的态度在不知不觉中也发生了变化，所以和林浩的结束也属于她预料之中的事情。然而，结束这份感情的感觉就像结束在优美特的工作一样，当走到尽头的时候，内心还是有一丝淡淡的伤感。

青青觉得既然已经选择留在大连了，就不能轻易离开。现在她不能依赖任何人，只能靠自己。

第二节　出口报关单的录入

青青想趁这段时间提高一下自己的业务能力，只要在这家企业成功了，一切都会回到正轨的。每个人不是一生下来就注定会成功，每个成功的人都是经历过种种波折后成长起来的。青青经历了人生低谷，整个人变得更加成熟，她觉得自己有能力面对以后的挑战。

接下来的日子，青青整理好情绪，继续按部就班地生活。只要一有空闲，青青就让 Grace 教她生产企业出口退税系统的操作。青青不想闲下来，不是要平复什么心灵上的创伤，而是时间宝贵，她觉得应该尽快提升自己。青青希望不断提高自己的业务能力，从而可以在这个工作岗位上立住脚。

Grace 经常向青青抱怨生产企业的出口退税操作系统在操作上比外贸企业的出口退税操作系统复杂。青青操作了几次之后，感觉虽然有些复杂，但是基础的数据录入还是相通的。

进入退税系统的时候，这两个系统的用户名都是"sa"，并且密码为空。由于生产企业的出口退税系统和征管系统增值税报表密切关联，因此必须注意申报所属期的选择，应在进入的时候选择和增值税相同的申报所属期。

系统维护中的参数配置与设置、商品代码升级、数据的备份基本上和外贸公司的配置是一样的。

生产企业退税系统里的退税向导与外贸企业退税系统里的退税向导不太一样。

生产企业退税计算时采取免抵退税计算，所以购进原材料的发票是认证抵扣的，不需要输入退税系统；一般贸易的录入，只录入出口报关单，也就是退税向导第二步中的"出口货物明细申报录入"（如图 7-1）。

图 7-1

打开界面后，准备输入出口货物报关单。生产企业输入的项目和外贸企业大体一样，但有一些地方有区别，比如，没有关联号。报关金额输入的是报关单上的原币金额，而不是默认的美元金额。同时，还要输入汇率中间价，保存的时候不用再次审核认可。青青从 Grace 那里拿了两张报关单（见表 7-1、表 7-2），自己试着输入。

表 7-1 中华人民共和国海关出口货物报关单（出口退税专用）

中华人民共和国海关出口货物报关单（出口退税专用）

录入编号：012014075　　　　　　　　　　　　海关编号：090121000120111075

出口口岸： 大连大窑湾　　0908	备案号：		出口日期： 2019-8-25	申报日期： 2019-8-24
境内收发货人 大连布罗森服装有限公司 2102932766	运输方式： 江海运输	运输工具名称： DA-IN/9691E		提运单号： DAIN20387589
生产销售单位 大连布罗森服装有限公司 2102932766	贸易方式： 一般贸易　　0110		征免性质： 一般征税　　（101）	结汇方式： 电汇
许可证号：	运抵国（地区）： 美国		指运港： 纽约	境内货源地： 大连其他 （21029）
批准文号：	成交方式： FOB	运费：	保费：	杂费：
合同协议号： FH20140824	件数： 32	包装种类： 纸箱	毛重（千克）： 1 432	净重（千克）： 1 337
集装箱号： DIFU4990281	随附单据：			
标记唛码及备注：				

项号　商品编号　商品名称、规格型号　数量及单位　最终目的国（地区）单价　总价　币值　征免

1.	62041200.90	女士西服套装 梭织；上衣、裙子；女式；78 棉 20 涤 2 氨纶	641 套 866 千克	美国（502）	7.68	4 926.75	502 （美元）	征税
2.	62041200.90	女士西服套装 梭织；上衣、裙子；女式；80 涤 12 氨纶	765 套 900 千克	美国（502）	11.6	8 900.00	502 （美元）	征税

续表

税费征收情况			
录入员： 录入单位：	兹声明以上申报无讹并承担法律责任：		海关审单批注及放行日期（签章）
报关员 单位地址	申报单位（签章）		审单： 审价：
			征税 统计
邮编	电话	填制日期	查验 放行

表7-2 中华人民共和国海关出口货物报关单（出口退税专用）

录入编号：012011075　　　　海关编号：090121000120111066

出口口岸： 大连大窑湾　0908	备案号：		出口日期： 2019-8-8	申报日期： 2019-8-7
境内收发货人 大连布罗森服装有限公司 2102932766	运输方式： 江海运输	运输工具名称： DA-IN/9691E		提运单号： DAIN20387544
生产销售单位 大连布罗森服装有限公司 2102932766	贸易方式： 一般贸易　0110	征免性质： 一般征税　（101）		结汇方式： 电汇
许可证号	运抵国（地区）： 美国	指运港： 纽约		境内货源地： 大连其他（21029）
批准文号	成交方式： FOB	运费：	保费：	杂费：
合同协议号： FH20140833	件数： 32	包装种类： 纸箱	毛重（千克）： 1 432	净重（千克）： 1 337
集装箱号： DIFU4990182	随附单据：			生产厂家：
标记唛码及备注：				

续表

项号	商品编号	商品名称、规格型号	数量及单位	最终目的国（地区）	单价	总价	币值	征免
1.	61023000.19	其他化纤制针织或钩编	3 000 件	美国（502）	2.9796	8 939.00	USD（美元）	征税

税费征收情况			
录入员： 报关员 单位地址	录入单位：	兹声明以上申报无讹并承担法律责任： 申报单位（签章）	海关审单批注及 放行日期（签章）
			审单： 审价：
			征税 统计
邮编		电话 填制日期	查验 放行

这两张报关单都是出口退税专用联原件。由于它们本身也都是以 FOB 价格报关的，因此输入的金额比较简单。但要注意的是，每次汇率的输入要按照当月第一个工作日的汇率的中间价来折算，假设本月汇率6.29，第一张报关单的输入情况，如图7－2、图7－3 所示。第二张报关单的输入情况，如图7－4 所示。

图 7－2

所属期: 201908	序号: 0002
记销售日期: 2019-08-31	所属期标识: 2019
出口日期: 2019-08-25	进料登记册号:
出口报关单号: 090121000120111075002	外汇核销单号:
代理证明号:	单证不齐标志:
出口商品代码: 62041200	出口商品名称: 棉制女式西服套装
下载商品名称:	申报商品代码: 62041200
申报商品名称: 棉制女式西服套装	计量单位: 套
出口数量: 765.0000	原币代码: USD
原币币别: 美元	原币离岸价: 8900.00
原币汇率: 629.00000	人民币离岸价: 55981.00
美元汇率: 629.00000	美元离岸价: 8900.00
征税税率: 13.00	退税率: 13.00
征退税差额:	应退税额: 7277.53
出口发票号:	业务类型代码:
业务类型:	信息不齐标志:

图 7-3

所属期: 201908	序号: 0003
记销售日期: 2019-08-31	所属期标识: 2019
出口日期: 2019-08-08	进料登记册号:
出口报关单号: 090121000120111066001	外汇核销单号:
代理证明号:	单证不齐标志:
出口商品代码: 61023000	出口商品名称: 化纤制针织或钩编的女
下载商品名称:	申报商品代码: 61023000
申报商品名称: 化纤制针织或钩编的女	计量单位: 件
出口数量: 3000.0000	原币代码: USD
原币币别: 美元	原币离岸价: 8939.00
原币汇率: 629.00000	人民币离岸价: 56226.31
美元汇率: 629.00000	美元离岸价: 8939.00
征税税率: 13.00	退税率: 13.00
征退税差额:	应退税额: 7309.42
出口发票号:	业务类型代码:
业务类型:	信息不齐标志:

图 7-4

录入后,青青检查了一遍,点击"保存"后,进入向导第三步"确认免抵退明细数据",如图7-5所示。

图7-5

第三节 生产企业明细申报数据的正预审

进入向导"免抵退汇总数据采集",点击"免抵退申报汇总表录入",不录入任何金额,直接保存报表。再点击"免抵退税申报资料录入",不录入任何金额,直接保存报表,如图7-6所示。Grace告诉青青,在自检数据之前,无法保证汇总数据的正确性,所以暂时不录入。

青青简单录入完这几张申报表后,进入向导"免抵退税申报",点击"生成免抵退申报数据",如图7-7所示。出现免抵退税申报界面,如图7-8所示,点击"确定"。出现申报数据列表,如图7-9所示。青青在这个列表里看到出口货物明细申报表中有3条记录,也就是她录入的3条报关单。

在点击"确定"后,和外贸企业出口退税申报一样出现了"本地申报"和"远程申报"的选项(如图7-10)。不管用哪种方式生成电子数据,都需要进行预审,预审后也会出现两种结果。

图 7-6

图 7-7

图 7-8

图 7-9

第一，如果通过"本地申报"和"远程申报"将此数据进行预审，则下载反馈信息后，打开"审核反馈信息处理→税务机关反馈信息读入→退免税预审信息处理"，比对电子信息是否到达，有无疑点信息。如果有电子信息不齐等疑点，将此批申报撤销，转至免抵退税明细数据采集中，将无电子信息的报关单调整到下个月预审，然后将本期其他电子信息齐全的报关单按照向

图 7–10

导进行录入申报,最后转成正审。

第二,如果本月预审后没有疑点的话,可以直接把这个电子数据转成正审。前期没有录入金额的增值税和汇总申报,需要重新填写后生成汇总,最后将电子数据转成正审。

青青将预审文件上传到出口退税平台上进行自检,然后在退税向导"审核反馈信息处理"中的"税务机关反馈信息读入",将下载好的预审文件读入出口退税系统中,如图 7–11 所示。

图 7–11

然后点击"预审疑点反馈情况查询"。输入的第二张报关单信息显示（如图 7-12）：海关数据中无此报关单号。

图 7-12

Grace 告诉青青，出现这种情况通常有 3 种可能：一种是电子口岸中的报关单电子信息没有向国家税务总局交单；一种是报关单的号码录入错误，从而导致数据匹配不上；另一种是国家税务总局报送的时候把数据丢失了。遇到前两种状况，可以在电子口岸中交单或者更改错误，但遇到最后一种情况，处理起来就比较麻烦了。

反馈中的疑点很多，一般常见的有以下 3 个：

（1）提示 S632 的申报日期与海关数据中的日期不相符。这就要求企业会计看一下自己输入的报关单日期是否正确，是不是把预录入单的申报日期当成了出口日期。如果是的话，就将其改成出口日期。

（2）提示申报的美元离岸价与报关单电子数据中的美元离岸价之差超过规定范围。这就需要看看是不是将出口货物报关单的出口金额 CIF 价格直接输入退税系统里，而没有转换成 FOB 价格。

（3）提示海关数据中无此报关单号，错误级别为"E"。这种情况不是企业会计将输入号码弄错了，就是会计电子口岸报送的时间晚了，以至于相关电子信息还没有传输到国家税务总局,这就是我们刚才遇到的疑点。

解决其他疑点要靠日常经验的积累,但这些疑点出现的概率不会太高。可以修改后再预审,若显示没有疑点,就可以正式申报了。

出现"海关数据中无此报关单号"这个疑点,青青决定重新调整申报。青青选择向导第五步"审核反馈信息处理"中的"撤销免抵退申报数据",撤销完汇总数据后再撤销明细数据,如图7-13所示。

图7-13

第四节 生产企业一般贸易退税申报全流程

撤销申报后,青青的操作又回到向导第二步"免抵退明细数据采集"中的"出口货物明细申报录入"。

首先，要将信息不齐的出口报关单调整到下个月所属期进行申报。青青点击向导第二步"免抵退明细数据采集"中的"出口信息不齐数据调整"，发现在这里存有那条信息不齐的数据，也就是那条没有电子信息的出口报关单（如图7-14）。

图7-14

青青点击"修改"，出现"修改所属期"页面，她将这个信息不齐的报关单的申报年月改成"201909"，也就是下个月进行申报。根据国家税务总局公告2018年第16号的政策要求，出口企业申报出口退（免）税时，不再进行退（免）税预申报。

Grace说她曾经做了件蠢事：在生产企业退税系统升级为新版的好长一段时间里，她想当然地以为没电子信息的报关单应该删除。于是，她就把没有电子信息的报关单都删除了，结果害得自己第二个月又重新录入几十票货物的报关单。这种做法严重地影响了工作效率，导致疯狂加班。后来小高问清楚了原因，告诉Grace，系统里有一个调整所属期的模块叫作"出口信息不齐调整"，可以批量地将本期所有信息不齐的报关单调整到下个月，这才将Grace从加班的苦海里解脱出来。可见熟练操作一个电脑软件是能够提高工作效率的。

Grace告诉青青,有一个简单的方法能确认本期的全部销售额。将本月的出口报关单全部输入出口明细申报表之后,鼠标右键点击空白处,会出现小窗口。点击"计算小计"(如图7-15),就可以计算出本月全部出口货物的人民币金额。不过Grace也告诉过青青,这一步要在生成明细申报数据之前计算,原因是生成后相关的数据就会转成正式申报,这个界面的数据就没有了。

图7-15

青青鼠标右键点击空白处,果然出现了本月全部人民币销售额(如图7-16)。

项目名称	总和	平均值	最大值	最小值
出口数量	4406	1468.6667	3000	641
原币离岸价	22765.75	7588.58	8939	4926.75
人民币离岸价	143196.57	47732.19	56226.31	30989.26
美元离岸价	22765.75	7588.58	8939	4926.75
征退税差额				
应退税额	18615.55	6205.18	7309.42	4028.6

记录个数:3

图7-16

本期不得抵扣税额的计算和填写是青青自己摸索出来的。先确认生成明细数据，点击向导"免抵退税申报"，选择"打印申报报表"，点击"出口货物免、抵、退申报明细表（当期出口/前期出口）"后，点击"打印预览"（如图 7 – 17）。

图 7 – 17

打印预览界面，如图 7 – 18 所示。

第十四栏"出口销售额乘征退税率之差"的合计金额就是我们需要的不得抵扣税额。当然，如果本期还有进料加工业务，则这一金额得减去不得抵扣税额的递减额，才是当期的不得抵扣税额。如果当期只有一般贸易业务，则本期不得抵扣税额就是这个征退税之差的合计金额。

当这两个金额确认好以后，青青就可以做本月的会计分录了。

一个是收入的分录：

借：应收某某客户　　　　　　　　　　　　143 196.57

生产企业出口货物免、抵、退税申报明细表

图 7-18

贷：主营业务收入——一般贸易收入　　　　　　　　　143 196.57

另一个是不得抵扣税款的分录，即外销销项税的计算。由于本期出口商品征退税税率都是 13%，没有征退税之差，所以这个分录可以不必填写，如果有金额的话，就需要进行相应的填写。

借：主营业务成本——不得抵扣税额　　　　　　　　　　　0
　　贷：应交增值税——进项税转出额　　　　　　　　　　　0

确认这两个金额后，再根据本月发生的销项税额、进项税额，填写征管系统纳税申报增值税申报表（见表 7-3）。

表 7-3　增值税申报表

	项　目	栏次	一般货物及劳务	
			本月数	本年累计数
销售额	（一）按适用税率计税销售额	1	0	0
	其中：应税货物销售额	2	0	0
	应税劳务销售额	3	0	0
	纳税检查调整的销售额	4	0	0

续表

项目		栏次	一般货物及劳务	
			本月数	本年累计数
销售额	（二）按简易办法计税销售额	5	0	0
	其中：纳税检查调整的销售额	6	0	0
	（三）免、抵、退出口销售额	7	143 196.57	143 196.57
	（四）免税销售额	8		
	其中：免税货物销售额	9	0	0
	免税劳务销售额	10	0	0
税款计算	销项税额	11	13 000	0
	进项税额	12	28 900	0
	上期留抵税额	13		
	进项税额转出	14	0	0
	免抵退应退税额	15	0	0
	按适用税率计算纳税检查应补缴税额	16	0	0
	应抵扣税额合计	17		
	实际抵扣税额	18	0	0
	应纳税额	19	0	0
	期末留抵税额	20	15 900	

免抵退税销售额就是当前的全部出口人民币销售收入 143 196.57 元。

销项税额是本月内销的销项税 13 000 元。

进项税额是本月认证的可抵扣的进项税额合计 28 900 元。

上期留底税额就是上一期期末留底税额。除了第一次申报，以后每个月系统都会自动结转。

进项税转出额包括本期的不得抵扣税额、免税货物的进项转出额、用于福利费的进项税转出额等。由于没有其他的进项税转出额，因此我们就填写不得抵扣税额 0 元。

免抵退税的应退税额不需要填写，大部分地区的征管系统会自动结转汇总表里上一期的免抵退税的应退税额。

第五节 汇总表及附表的生成

填写完征管系统的增值税申报表之后,青青要填写向导"免抵退汇总数据采集"中的免抵退申报汇总表、汇总表附表、申报资料。这几项的填写比较简单,增加汇总表后直接回车,系统会出现3个数据框,分别是销售额累加"143 196.57",不得抵扣累加"0",期末留抵税额"15 900"。这几个金额在填报增值税申报表时,我们都计算过,填写进去即可,剩下的汇总数据,系统会自动计算。免抵退税汇总表附表不用增加,系统会直接呈现。免抵退税申报资料和汇总表一样,点击增加后回车,就会出现相关数据(如图7-19)。

图 7-19

这几张表生成之后,就可以选择向导"免抵退税申报"中的"生成免抵退申报数据"(如图7-20)。

图 7-20

将申报的数据生成到 C:\1234567891_201908_scsb\目录里（如图7-21）。

图 7-21

系统提示如图 7-22 所示。

下一步，就可以打印相关的数据了。

免抵退申报明细表、汇总表、汇总表附表、资料情况表，每个表一式两份（如图 7-23）。

汇总表数据第 36 栏，体现了当期的应退税额，11 306.13，如图 7-24 所示。

图 7-22

图 7-23

最后,将目录 C:\1234567891_201908_scsb\ 中的数据上传出口退税平台进行自检和正式申报。如果属于有纸化申报的企业,需要带着这 4 份表格以及报关单的出口退税专用联、出口发票到当地税务局进行正式申报。

免抵退税申报汇总表

海关企业代码：1234567891
纳税人名称：(公章)11111111111111111111
纳税人识别号：123456789123456789
所属期：2019年08月
金额单位：元至角分

项目		栏次	当期 (a)	本年累计 (b)	与增值税纳税申报表差 (c)
一、出口额	免抵退出口货物销售额(美元)	1=2+3	13,826.75	13,826.75	————
	其中：免抵退出口货物销售额(美元)	2	13,826.75	13,826.75	————
	应税服务免抵退税营业额(美元)	3			————
	免抵退出口货物劳务销售额	4	86,970.26	86,970.26	
	支付给非试点纳税人营业价款	5			
	免抵退出口货物劳务金额	6=4-5=7+8+9+10	86,970.26	86,970.26	-56,226.31
	其中：单证不齐或信息不齐出口货物销售额	7			————
	单证信息齐全出口货物销售额	8	86,970.26	86,970.26	
	当期单证齐全应税服务免抵退税计税金额	9			
	当期单证不齐应税服务免抵退税计税金额	10			
	前期出口货物单证信息齐全销售额	11		————	
	前期应税服务单证齐全免抵退税计税金额	12		————	
	全部单证信息齐全出口货物销售额	13=8+11	86,970.26	86,970.26	
	全部单证齐全应税服务免抵退税计税金额	14=9+12			
	免税出口货物劳务销售额(美元)	15			
	免税出口货物劳务销售额	16			
	全部退(免)税出口货物劳务销售额(美元)	17=1+15	13,826.75	13,826.75	
	全部退(免)税出口货物劳务销售额	18	86,970.26	86,970.26	
	不予退(免)税出口货物劳务销售额	19			
二、不得免征和抵扣税额	出口销售额乘征退税率之差	20=21+22			
	其中：出口货物销售额乘征退税率之差	21			
	应税服务免抵退税计税金额乘征退税率之差	22			
	上期结转免抵退税不得免征和抵扣税额抵减额	23		————	
	免抵退税不得免征和抵扣税额抵减额	24			
	免抵退税不得免征和抵扣税额	25(如20>23+24则为20-23-24,否则为0)			
	结转下期免抵退税不得免征和抵扣税额抵减额	26=23+24-20+25		————	
三、应退税额和免抵税额	免抵退税计税金额乘退税率	27=28+29	11,306.13	11,306.13	
	其中：出口货物销售额乘退税率	28	11,306.13	11,306.13	
	应税服务免抵退税计税金额乘退税率	29			
	上期结转免抵退税额抵减额	30		————	
	免抵退税额抵减额	31			
	免抵退税额	32(如27>30+31则为27-30-31,否则为0)	11,306.13	11,306.13	
	结转下期免抵退税额抵减额	33=30+31-27+32		————	
	增值税纳税申报表期末留抵税额	34	15,900.00	————	
	计算退税的期末留抵税额	35=34-25c	15,900.00	————	
	当期应退税额	36=(如32>35则为35,否则为32)	11,306.13	11,306.13	
	当期免抵税额	37=32-36			

出口企业申明：
此表各栏填报内容是真实、合法，与实际出口货物情况相符；此次申报的出口业务不属于"四自三不见"等违背正常出口经营程序的出口业务。否则，本企业愿意承担由此产生的相关责任。

办税人：
财务负责人：
法定代表人(负责人)：　　年　月　日

授权人申明：
(如果你已委托代理申报，请填写下列资料)
为代理出口货物退税申报事宜，现授权为本纳税人的代理申报人，任何与本申报表有关的往来文件都可寄于此人。

授权人签字：　　(盖章)　　年　月　日

主管税务机关：

经办人：
复核人：
负责人：　　年　月　日

注：1.本表一式四联，退税部门审核签章后返给企业二联，其中一联作为下期《增值税纳税申报表》附表，退税部门存留一联，报上级退税机关一联。
2.第(c)列"与增值税纳税申报表差额"为退税部门审核确认的第(b)列"累计"申报数减《增值税纳税申报表》对应项目的累计数的差额，企业应做相应账务调整并在下期增值税纳税申报时对《增值税纳税申报表》进行调整。

图 7-24

> **小贴士**
>
> 国家税务总局公告2018年第16号文件,规定企业出口业务必须单证收齐和信息收齐才能进行申报退税,所以汇总表计算的出口销售额都是信息齐全的金额,而本期增值税申报表的出口销售额,根据要求,企业当月出口的货物须在次月的增值税纳税申报期内,向主管税务机关办理增值税纳税申报。这就造成企业增值税申报必须包含本月所有出口销售额(包括信息不齐的),这样在汇总表里出口销售额比对的时候,有可能在第6C栏出现差额,这个差额也是允许出现的。

第六节　征管系统的本月和次月增值税申报及会计分录

在去税务局之前要先把征管系统里的增值税申报表申报完成,再去退税科进行申报。征管系统里的增值税申报表和退税系统里的增值税申报表应该保持一致。

增值税申报表主表如表7-4所示。

表7-4　增值税申报表主表

	项　目	栏次	一般货物及劳务		即征即退货物及劳务	
			本月数	本年累计数	本月数	本年累计数
销售额	(一)按适用税率计税销售额	1			0	0
	其中:应税货物销售额	2	0	0	0	0
	应税劳务销售额	3	0	0	0	0
	纳税检查调整的销售额	4	0	0	0	0
	(二)按简易办法计税销售额	5	0	0	0	0
	其中:纳税检查调整的销售额	6	0	0	0	0
	(三)免、抵、退出口销售额	7	143 196.57	143 196.57	—	—
	(四)免税销售额	8			—	—
	其中:免税货物销售额	9			—	—
	免税劳务销售额	10	0	0	—	—

续表

	项 目	栏次	一般货物及劳务		即征即退货物及劳务	
			本月数	本年累计数	本月数	本年累计数
销售额	销项税额	11	13 000	13 000	0	0
	进项税额	12	28 900	28 900	0	0
	上期留抵税额	13			0	—
	进项税额转出	14			0	0
	免抵退应退税额	15	0	0	—	—
	按适用税率计算纳税检查应补缴税额	16	0	0	—	—
	应抵扣税额合计	17	28 900	—	0	—
	实际抵扣税额	18	13 000	13 000	0	0
	应纳税额	19		0	0	0
	期末留抵税额	20	15 900	15 900	0	—
	简易计税办法计算的应纳税额	21	0	0	0	0
	按简易办法计算纳税检查应补缴税额	22	0	0		
	应纳税额减征额	23	0	0	0	0
	应纳税额合计	24	0	0	0	0

增值税附表二，见表 7-5 所示。

表 7-5 增值税纳税申报表附列资料（表二）（本期进项税额明细）

税款所属期间：2019-08-01 至 2019-08-31

纳税人识别号：

纳税人名称（公章）：大连 FH 国际贸易有限公司　　　　　　金额单位：元至角分

一、申报抵扣的进项税额				
项 目	栏次	份数	金额	税额
（一）认证相符的增值税专用发票	1=2+3	0	0	0
其中：本期认证相符且本期申报抵扣	2	0	0.00	0.00
前期认证相符且本期申报抵扣	3	0	0.00	0.00
（二）其他扣税凭证	4=5+6+7+8	0	0.00	0.00
其中：海关进口增值税专用缴款书	5	0	0.00	0.00

续表

一、申报抵扣的进项税额				
项　目	栏次	份数	金额	税额
农产品收购发票或者销售发票	6	0	0.00	0.00
代扣代缴税收缴款凭证	7	0	—	0.00
加计扣除农产品进项税额	8a	—	—	0.00
其他	8b	0	0.00	0.00
（三）本期用于购建不动产的扣税凭证	9	0	0.00	0.00
（四）本期用于抵扣的旅客运输服务扣税凭证	10	0	0.00	0.00
（五）外贸企业进项税额抵扣证明	11	—	—	0.00
当期申报抵扣进项税额合计	12＝1＋4＋11	0	0.00	0.00

二、进项税额转出额		
项　目	栏次	税额
本期进项税额转出额	13＝14至23之和	0.00
其中：免税项目用	14	0.00
集体福利、个人消费	15	0.00
非正常损失	16	0.00
简易计税方法征税项目用	17	0.00
免抵退税办法不得抵扣的进项税额	18	0.00
纳税检查调减进项税额	19	0.00
红字专用发票信息表注明的进项税额	20	0.00
上期留抵税额抵减欠税	21	0.00
上期留抵税额退税	22	0.00
其他应作进项税额转出的情形	23	0.00

三、待抵扣进项税额				
项　目	栏次	份数	金额	税额
（一）认证相符的增值税专用发票	24	—	—	—
期初已认证相符但未申报抵扣	25	0	0	0
本期认证相符且本期未申报抵扣	26	1	15 640	2 033.20
期末已认证相符但未申报抵扣	27	1	15 640	2 033.20

续表

	三、待抵扣进项税额			
项　目	栏次	份数	金额	税额
其中：按照税法规定不允许抵扣	28	0	0.00	0.00
（二）其他扣税凭证	29 = 30 至 33 之和	0	0.00	0.00
其中：海关进口增值税专用缴款书	30	0	0.00	0.00
农产品收购发票或者销售发票	31	0	0.00	0.00
代扣代缴税收缴款凭证	32	0	—	0.00
其他	33	0	0.00	0.00
	34	—		
四、其他				
项　目	栏次	份数	金额	税额
本期认证相符的增值税专用发票	35	1	15 640	2 033.20
代扣代缴税额	36	—		0.00

不过，去了税务局也可能会出现错误。Grace 说："如果出现错误，别没弄清楚原因就回来。作为外贸会计新手，你可能不明白税务局退税专管员说的错误是什么，你可以先拿手机照一下，回来给小高看看。"

不过青青觉得这是自己的工作，最好还是少麻烦人家。她记得小高说过，如果真有错误的话，回来之后先选择向导第六步中的"撤销免抵退申报数据"，再"撤销汇总"，然后"撤销明细"，进行修改，修改后重新生成就可以进行申报了（如图 7 - 25）。

青青随后模拟了 8 月底的会计分录，共有两个：

（1）借：应收账款——国外某客户　　　　　　　　　143 196.57

　　　贷：主营业务收入——一般贸易收入　　　　　143 196.57

（2）借：主营业务成本　　　　　　　　　　　　　　　　　0

　　　贷：应交增值税——进项税额转出　　　　　　　　 0

这样到了 9 月，在没有发生任何业务的条件下，最后一票报关单电子信息齐全了，青青便可以按照上个月的步骤进行申报。青青在填写征管系统的

图 7-25

增值税申报的时候,注意到了两点。

第一,免抵退税销售额。由于上一期的销售额里已经确认了本月申报的报关单的收入额,因此本月的销售额可以不用填写。

第二,免抵退税应退税额,是系统结转上期汇总表自动计算的免抵退税额,即 11 306.13 元。

青青模拟 9 月的会计分录如下:

(1) 借:应收账款——退税款　　　　　　　　　　　11 306.13

　　　贷:应交增值税——出口退税　　　　　　　　　11 306.13

(2) 借:主营业务成本　　　　　　　　　　　　　　　　　　0

　　　贷:应交增值税——进项税转出　　　　　　　　　　　0

如果退税款 10 月汇到公司,则可以编写另一个会计分录:

　　借:银行存款　　　　　　　　　　　　　　　　　11 306.13

贷：应收账款——退税款　　　　　　　　　　　　11 306.13

9月所属期的增值税申报主表如表7-6所示。

表7-6　增值税申报主表

	项　目	栏次	一般货物及劳务		即征即退货物及劳务	
			本月数	本年累计数	本月数	本年累计数
销售额	（一）按适用税率计税销售额	1			0	0
	其中：应税货物销售额	2	0	0	0	0
	应税劳务销售额	3	0	0	0	0
	纳税检查调整的销售额	4	0	0	0	0
	（二）按简易办法计税销售额	5	0	0	0	0
	其中：纳税检查调整的销售额	6	0	0	0	0
	（三）免、抵、退出口销售额	7	0	143 196.57	—	—
	（四）免税销售额	8			—	—
	其中：免税货物销售额	9			—	—
	免税劳务销售额	10	0	0	—	—
	销项税额	11	0	13 000	0	0
	进项税额	12	0	28 900	0	0
	上期留抵税额	13	15 900		0	—
	进项税额转出	14			0	0
	免抵退应退税额	15	11 306.13	0	—	—
	按适用税率计算纳税检查应补缴税额	16	0	0		
	应抵扣税额合计	17		—	0	
	实际抵扣税额	18		13 000	0	0
	应纳税额	19		0	0	0
	期末留抵税额	20	4 593.87		0	—
	简易计税办法计算的应纳税额	21	0	0	0	0
	按简易办法计算纳税检查应补缴税额	22	0	0	—	—
	应纳税额减征额	23				
	应纳税额合计	24	0	0	0	0

生产企业的一般贸易退税业务到此就结束了。

总体来说，青青觉得由于退税系统和增值税申报有着非常密切的联系，因此生产企业的退税业务在申报时对各个金额计算的准确性要求非常高，尤其不能出现填写错误。如果出现返工修改征管系统增值税报表的情况，就会大大增加企业会计人员的工作难度。了解到这些，青青也理解了为什么Grace整天抱怨工作量大。

小贴士

根据《财政部 国家税务总局关于生产企业出口货物实行免抵退税办法后有关城市维护建设税教育费附加政策的通知》（财税〔2005〕25号）第一条规定，经国家税务局（现已改名为国家税务总局）正式审核批准的当期免抵的增值税税额应纳入城市维护建设税和教育费附加的计征范围，分别按规定的税（费）率征收城市维护建设税和教育费附加。

第七节　电子口岸外部数据采集——出口企业会计的好帮手

每年9月到12月底这段时间是出口的旺季，出口企业在这期间的订单会很多，相应地出口的报关单和退税业务也多了起来。

"青青姐，你看我手里的报关单，现在有几十票了。崔经理还督促我这个月一定要及时申报完。我只有两只手，这么大的工作量怎么完成啊？"Grace郁闷地抱怨道。

"Grace，我帮你录入吧。"青青说道。

"你愿意帮我，我当然高兴。可是你录入一批、我录入一批的话，在导入退税系统时就会比较麻烦。有什么好办法呢？"Grace还是愁眉不展。

"我记得上个月给我培训的谭老师说过，出口报关单的数据可以通过电子口岸直接导入退税系统，不用手工输入。我当时没在意，我还以为咱们公司没有那么大的业务量，暂时用不到这个功能呢。现在看来，你用正合适！"青青急忙说道。

Grace 瞪大眼睛说:"真的?我怎么从来没听说过?小高肯定没跟我说过。"

"师傅领进门,修行在个人!"青青说着,拿出记录本翻看自己上课的笔记,第一条就把青青难住了:要想用外部数据导入这个功能,需要电子口岸读卡器。当初,读卡器刚办下来不久,就被业务部拿走了。业务部的报关业务需要读卡器,而会计部门也需要使用读卡器。两个部门共同使用一个读卡器,肯定会有许多不便,能不能再办一个呢?青青急忙拿起电话,拨打了电子口岸的客户服务热线010-95198。电子口岸的客服告诉青青,一个企业可以办理两个电子口岸读卡器,其费用也不多。青青跟 Grace 商量了之后,便给崔经理写了一份申请报告,内容是:"因为工作量比较大,为了及时完成领导交代的任务,及时收到退税款,加快企业资金的周转,特申请再办理一个电子口岸读卡器。"青青当天下午就抽时间到工厂递交了申请,崔经理问过需要哪些手续后,便同意了申请。这样,青青很快又办理了一个电子口岸读卡器,安装在市内办公室的电脑上。

Grace 拿到新的电子口岸读卡器后,急忙将它安装好,开始操作。配置好系统后,插上操作员卡,进入电子口岸主界面,如图7-26所示。

图 7-26

输入密码,点击确认,再点击"出口退税"模块,如图7-27所示。

图7-27

在这个页面的左边,点击"报关单查询下载",将需要导入的数据按照出口的日期查询出来,点击"下载"(如图7-28)。

图7-28

青青点击下载后,数据没有正常下载,反而提示错误(如图7-29)。

图 7 – 29

青青打开浏览器的"工具",找到"Internet 选项"中的"Active X 控件和插件",在其所有选项下方点击"启用"(如图 7 – 30),然后点击确定,关闭浏览器。

图 7 – 30

青青重新打开浏览器,登录电子口岸,查询报关单数据并下载,(如图 7 – 31),终于成功了。

图 7 – 31

将数据保存到 C 盘 "localdb" 目录后，暂时不要关闭这个页面，也不要将操作员卡拔出。Grace 和青青操作的时候，有几次总是提示读入数据失败，后来才发现原因是她们把页面关闭了或是将操作员卡拔出来了。至于为什么不要关闭页面和拔出操作员卡，小高的解释是：这个文件是一个加密文件，必须用读卡器和操作员卡进行解密后才可以读入。

之后就要把这个文件读入退税系统了。首先，要配置操作员卡的用户名和密码，如图 7-32 所示。

图 7-32

其次在退税向导里的"外部数据采集"选项卡中点击"出口报关单数据查询与读入"（如图 7-33）。

出现数据读入窗口后，点击"数据读入"（如图 7-34）。

将存储在 C 盘 "localdb" 目录中的加密文件读取到操作系统中来，但读取到系统中的数据是不够精细的粗数据，需要进一步加工才能使用。在左边栏目里选择要加工的数据后，点击右上角的"数据检查"（如图 7-35）。

这时，内容提示框可能会提示出现错误。有两个错误比较常见：一个是新增一种贸易性质，意思是要把这个报关单的数据导入出口货物明细申报表中去；第二个是提示确认的汇率，即确认本报关单本月出口折算人民币的汇率。

图 7－33

图 7－34

图 7－35

Grace 和青青根据提示进行相关配置,首先是出口商品汇率的配置(如图 7-36)。

图 7-36

青青配置当前汇率为本月 685,Grace 问青青:"为什么不是 6.85 呢?"

青青说:"你看数据说明下面有提示,即 100 外币兑人民币汇率,100 美元兑换 685 元人民币,所以汇率是 685。"

回到"出口报关单数据修改与确认"里,再次点击"检查"。系统提示没有错误后(如图 7-37),Grace 就算完成了粗数据的录入工作。

图 7-37

完成后还要进行最后一步确认。将数据导入出口货物明细申报表中,然后点击"数据确认"(如图 7-38)。

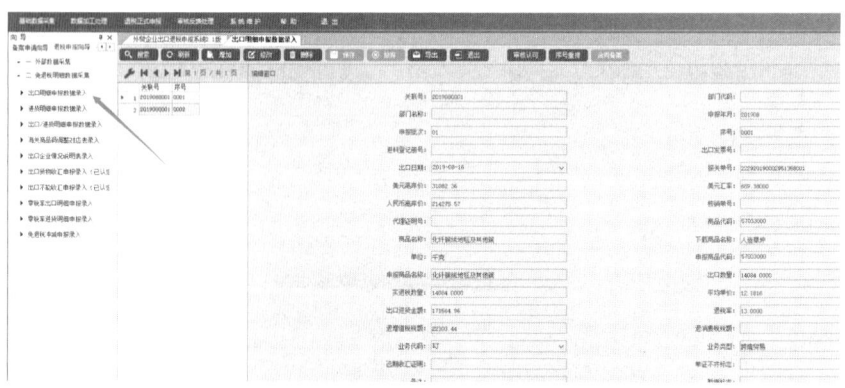

图 7-38

之后，就会出现所属期确认的提示框。这笔数据需要生成到哪个所属期里，可以根据企业业务的具体情况进行相应的选择。选择确认后，当前的报关单数据就消失了。

Grace 和青青打开出口货物明细申报表的时候，发现从电子口岸读入的报关单数据出现在明细申报表里了（如图 7-39）。

图 7-39

经过大半天的努力，当看到数据呈现在眼前的时候，Grace 高兴地跳了起来。她激动地说："这么做，省去我多少时间啊！太谢谢你了，青青姐！"

青青也高兴地说："这个方法能用真是太好了！我还担心把读卡器买回来，万一操作不成功，崔经理批评我们。这下成功了，你的工作量也可以大幅减少。"说到这里,青青调侃 Grace:"省下来的时间可以和小高约会了吧?"

Grace 像是想起什么似的:"你不说我还差点忘了。我得好好教训教训他,有这么好用的功能居然不早告诉我。"

"咱们别光顾着高兴,先检查一下导入后的数据和你输入的数据有没有不一样的地方。"青青提醒道。

Grace 赶忙仔细查看系统导入后的数据:"少了出口发票号码。这也难怪,出口的时候海关哪有国家税务总局的发票号码,我得手工填写。"

"我记得培训的老师曾经说过这个问题。我再看看培训的资料。找到了。将鼠标移到空白处,点击右键,会出现一个页面,点击'报关单确认数据处理'中的'配置出口发票号'(如图7-40)。"

图 7-40

"出现一个页面(如图7-41),将需要填写的出口发票号码按照报关单号进行填写,填写好后点击'更新'。这样,你就不用一个个打开报关单进行发票号码的配置了。"

"青青姐,竟然有这么好的办法!出口货物增值税发票已经实现了半自动导入。可是,外贸公司还有供货增值税发票录入,如果也可以半自动导入的话,就太完美了。"Grace 望着青青,眼睛里充满期盼。

青青说:"你想学?来给我揉揉肩,待我慢慢道来。"Grace 赶紧煞有其事地给青青揉了起来。

青青心满意足地笑道:"你好好看着,我只操作一次。"青青打开浏览器登录"电子税务局",选择"出口退税管理"模块(如图7-42)。

图 7-41

图 7-42

登录"出口退税网上服务中心"中的"认证发票反馈下载",输入起始年月和截至年月(如图7-43),将压缩数据下载到电脑桌面。

然后打开"外贸企业出口退税申报系统",找到退税向导里的"外部数据采集"中的"认证发票信息读入",将下载到桌面的压缩文件读入退税系统(如图7-44)。

然后,青青点击"认证发票信息处理",看到了读入系统的发票(如图7-45)。

之后,青青打开"进货明细申报数据录入"界面,在"发票号码"中录入前4位,选择相应的发票,完成了半自动的数据导入(如图7-46)。

看完这些操作,Grace 对青青佩服得五体投地,她说,"青青姐,你太厉害了!这些操作可以帮助咱们把工作效率提高很多呢。"

图 7-43

图 7-44

图 7-45

图 7-46

青青谦虚地说:"我也是听培训老师说的,你可不要盲目崇拜我。"

青青和 Grace 笑成一团。能帮助这个热情善良的女孩,青青心里感到由衷的高兴。青青觉得自己的运气还是很好的,能来到一个待遇不错的公司,在工作中还学习了新的知识,而且遇到了像 Grace 这么好的同事。Grace 和小高都是心地善良的人,青青希望他们能在事业顺利的同时,爱情也开花结果。

第八章 成功化解外贸企业来料加工业务里的风险

在国际贸易业务中,即使是最有经验的业务员,也不可能预料到所有的贸易风险点。但是作为企业的员工,只要有利润就必须为公司争取。

第一节 来料加工业务的前期准备

收到第一笔退税款后,青青逐渐熟悉了外贸公司一般贸易业务的整体流程。

很快又到了青青回工厂汇报工作的时间。这一次,在青青回工厂汇报这两个月的工作情况之前,崔京宇就把青青这段时间给他发的邮件浏览了一遍。可以说青青不仅完成了工作任务,而且完成得比自己预想的还要出色。不仅如此,青青在工作中还解决了 Grace 输入数据的难题。崔京宇原本忐忑的心终于可以放下了,此时,他更加确定当初选择青青是正确的。

崔京宇看着青青迈着轻快的步伐走进他的办公室,便笑着对青青说:"这笔业务总算是顺利地退税了,咱们外贸公司的出口退税业务可以说也以此为开端正式开展起来了。以后我会把其他来自日本和韩国的客户的订单业务中的一部分放到外贸公司那边操作,这样对减轻我们企业的税收负担会更加有利。所以,以后你的工作量也会逐渐增加。"说完,崔京宇问青青有没有信心。

"当然有信心!"青青坚定地回答。

"好!"崔京宇也预料到青青会这么回答,"现在就有一个新业务需要你处理:业务部和日本起源会社客户的订单基本定下来了。这次订单由日本客户提供进口原料,业务部有些事项需要和你商量。"

"是什么订单?"

"女士内衣文胸之类的。咱们工厂现在没有做内衣的相关设备,需要放到其他工厂去做。这需要你好好考虑该如何操作。"

青青对这一部分业务很自信:"好的,加工贸易出口一般不外乎进料加工和来料加工这两种方式。如果国内还需要采购比较多的原材料的话,可以选择进料加工;如果原材料都是日本客户提供,可以选择来料加工。咱们公司的业务部选择哪一种方式呢?"

崔京宇说:"我听业务部说大部分主辅原材料都是日本客户提供的,好像是来料加工,但具体情况你还要和业务部的人再确认一下。"

"好的,那这笔业务是由业务部的哪位员工负责呢?"

"是业务部副经理 Eric。他以前在贸易类型的日企工作过,不仅对于订单的把握很有经验,而且懂日语、会翻译。过几天他会带着他的两个日本线的组员到市内的办公室工作,这样,市内外贸公司就又增加了几个人,以后随着公司业务量的增加,市内那边的办公室可能还会增加人手。"

崔京宇停顿了一下,接着说:"还有,我跟金社长商量了一下,金社长对你的印象很不错,我们决定让你临时兼任那边的办公室主任。一些行政管理方面的事情需要由你临时负责,公司会给你增加一些权限,工作太忙的话,可以让 Grace 帮助你。"

青青虽然怕麻烦,但是有了在优美特的前车之鉴,这次她不敢怠慢。不过在布罗森的情况不太一样,青青隐隐觉得崔京宇还是比较认可自己的,她想这也许是一次不错的锻炼机会。

"好的,感谢领导对我的信任。我一定不会让公司失望的。"青青下定决心抓住这次机会,点头对崔京宇说道。

崔京宇笑着说:"你一定不要让我失望啊!快到中午了,咱们就在公司附近的韩国料理店吃午饭吧。"

"Eric 这个人，最初也是我面试的"，吃饭的时候，崔京宇对青青说，"他这个人很有闯劲，社交范围又比较广，为咱们公司带来不少业务。业务部的员工工作比较辛苦，公司体谅他们跑业务不容易，对他们的工作要求以能拿到业务为主，对一些细枝末节的东西也就不那么苛求了。这就要求相关的配合部门一定要把工作做细，你在以后的工作中要多注意这些细节方面的问题。同时，我们也不能放任业务部的员工在工作时"粗枝大叶"，该说的时候还得说。你平时要和他们多沟通，可以把问题汇报给我。新公司的运行一定要正规，Eric 出现的问题，要及时告诉我。"

听到崔总的话，青青不动声色地一边吃一边说："好的。"但她心里有些想不明白：崔总既说 Eric 有错误的时候我要及时纠正，又让我把情况汇报给他，让他来说。领导的意思究竟是什么呢？

青青决定试着问："业务部也有自己的工作流程，不是吗？我想 Eric 工作一定很认真仔细，才能当上副经理的。"

崔经理叹了口气说："业务部的确有他们自己的工作流程。不过，术业有专攻，业务部的员工在做市场的时候，往往以结果为导向，以能拿到订单为目标。很多时候，他们缺少基本的财务常识，从而导致最终结果和预期结果有很大差距。这就需要你引导他们以全局为重，不能只看眼前。最近几年出口行业不太景气，企业利润下降，我们要用些有闯劲的人开拓市场。所以，这就要求青青你多费心了。"

青青点点头。

回到市内办公室，青青告诉 Grace 她被委以办公室主任一职的事情。Grace 听了比青青还兴奋，笑得嘴角快咧到后脑勺了："魏主任你要多提拔我啊。"

青青说："什么主任，就是为大家服务。还有一件事，明天这个办公室又会来几个同事，是 Eric 和负责日本线的组员。"

第二天 Eric 很早就来到了办公室，他需要在他的组员来之前先安排一下。青青来得比 Eric 还早。Eric 一到，青青就打量起他：Eric 身材魁梧，西服整洁,平头发式,讲起话来非常干脆。等所有员工都到齐后,青青简单地向他们介绍了办公室的人员和情况。Eric 的工位被安排到后面稍微宽敞的地方,其他的两个组员被安排在 Eric 工位周围的位置。一切安排妥当后,青青和 Eric 开始探讨日本起源会社业务的订单事宜。

Eric 笑着说:"这次日本的客户订单是我联系并负责的,虽然利润不多,但这笔订单主要是作为咱们贸易公司的开山业务,先趟趟路子。崔总说你在这边负责外贸退税的相关工作,以后请你多多指教。"

青青赶忙回答:"有些地方也要请你多指教!大家互相帮助,共同把业务开展好。这个订单什么时候正式开始?"

"前期意向已经定下来了,可以说基本上差不多了。现在主要牵涉国内税务方面的问题,需要我在签订正式合同的时候考虑清楚公司要负担的税务。"Eric 微笑着回答。

"这次的原材料都是日本客户提供的吗?没有国内采购的?"

Eric 坐得很端正,点点了头说:"是的。"

青青考虑了一下便说:"那这样,以外贸企业来料加工的方式来处理这次的业务。来料加工的特点就是出口货物免税,但是进货不给退税。"

Eric 不假思索地打断青青说:"如果没有退税,工厂加工费的税是不是就要由我们自己承担了?比如,这次进口料件 1 万元人民币,加工费 1 000 元人民币,工厂报给我们含税价是 1 170 元人民币。这 170 元的税,我们是不是要考虑写到合同内呢?"

Eric 突然打断了青青的话,让青青感觉这个人比较强势,心中略有不快,但见 Eric 问到点子上,而且青青也看得出他对出口业务还是很有经验的,便说:"这点你可以放心,工厂的业务,也在来料加工环节内,它还是会给咱们开具 1 000 元的加工费普通发票,这个发票是不含税的。到时候我们在国家税务总局开具一个来料加工免税证明给工厂,工厂再到当地的税务局进行免税的备案即可。"

Eric 松了口气说:"这样的话还可以。这次订单的利润本来就不多,如果再负担进项税的话就没法做了。"

"你定好工厂了吗?定好后,就可以办理来料加工手册了。工厂一旦定好,建议你就不要再更改了。"

"我们已经找了几家工厂,但有的工厂不给开发票。我想先找一个正规工厂做一部分订单,然后让它把其他工厂不能开的发票,一起开出来。你看这样操作有没有风险?"

"有风险。就像你说的,人家是正规工厂,如果这个正规工厂不给你开具发票的话,这部分货物的出口就要征税了。所以,你最好事先和人家谈好。"

Eric 点点头说:"嗯,你说得有道理,这一点我得和工厂事先沟通一下。"

"你找好工厂后,我来办理剩下的手续。你最好在确定工厂前,先问问他们有没有做过加工贸易,有没有加工能力证明,咱们在办理企业合同备案的时候需要一些手续。"

"好。"回答青青的时候,Eric 已经起身了,"我这两天就把工厂的事情给落实了。"

青青和 Eric 谈完,便向崔京宇报告了这个业务目前的进展。

Eric 找好工厂后,公司开始签订出口和加工合同。又过了两天,Eric 告诉青青,他找到一家工厂可以做这个订单,工厂名字叫葫芦岛大宇服装有限公司。这个工厂的加工费比较合理,就是路途远,在葫芦岛。

青青问:"那个工厂以前做过加工贸易、来料加工业务吗?"

Eric 说:"厂长说,他们现在正在做的订单就是来料加工,工厂的手续都齐全。日本客户晚上会传给我合同,我传到总公司审核,如果没问题的话,明天就可以签合同了。"

"行。你签好合同后,我还要委托报关行办理合同备案,你把成品对应料件的单耗算好后给我,我给报关行。希望这种订单以后能多来点,原因是咱们要通过加工贸易电子联网审批管理系统进行合同的预录入。这个系统的使用费是一年 8 000 元。"

"这么多啊?这笔订单的利润也就 20 000 元左右,除去平常费用,真剩不下什么了!"Eric 很惊讶。

"没办法，政府部门运营也是有成本的。"青青苦笑。

"好吧，只能期望以后的订单能弥补了。先这样吧，我再把合同有关内容斟酌一下。"

几天后，Eric 把合同签完了。青青准备好相关资料交给报关公司，让报关公司办理海关的合同备案。本次进口原辅材料价值 22 612.51 美元，加工后出口成品总价格为 45 179.51 美元。

小贴士

来料加工委托加工出口的货物免税证明及核销办理

（1）从事来料加工委托加工业务的出口企业，在取得加工企业开具的加工费的普通发票后，应在加工费的普通发票开具之日起至次月的增值税纳税申报期内，填报来料加工免税证明申请表，提供正式申报电子数据及下列资料：进口货物报关单原件及复印件、加工企业开具的加工费的普通发票原件及复印件和主管税务机关要求提供的其他资料，向主管税务机关办理来料加工免税证明。

出口企业应将来料加工免税证明转交加工企业，加工企业持此证明向主管税务机关申报办理加工费的增值税、消费税免税手续。

（2）出口企业以"来料加工"贸易方式出口货物并办理海关核销手续后，持海关签发的核销结案通知书、来料加工出口货物免税证明核销申请表和下列资料：出口货物报关单原件及复印件、来料加工免税证明、加工企业开具的加工费的普通发票原件及复印件、主管税务机关要求提供的其他资料及正式申报电子数据，向主管税务机关办理来料加工出口货物免税核销手续。

这里面所指的出口企业既包含了外贸企业也包含了生产企业，也就是说来料加工委托加工业务，生产和外贸型的出口企业都可以操作。

第二节 来料加工业务的退税申报和风险

几个星期之后，料件进港，Eric 为了跟踪订单的质量，就跟工厂货车去了葫芦岛。过了几天，青青打电话询问订单情况，Eric 跟青青说货物需要在好几个工厂进行加工。

经过半个月的努力，在 Eric 的监督下，葫芦岛的工厂终于将订单加工完成后出口了。

青青拿着来料加工进口货物报关单（见表 8-1）和出口货物报关单（见表 8-2），联系葫芦岛大宇工厂，让工厂的会计开具加工费发票。

表 8-1 中华人民共和国海关进口货物报关单（来料加工补偿贸易专用）

录入编号：012011077　　　　　　　　海关编号：090121000120111077

出口口岸： 大连大窑湾　0908	备案号：B1234567		出口日期： 2019-7-8	申报日期： 2019-7-10
经营单位 大连 FH 国际贸易有限公司 2109965034	运输方式： 江海运输	运输工具名称： DA-IN/9691E		提运单号： DAIN20387544
发货单位 外贸企业 2102934000	贸易方式： 来料加工　0214	征免性质： 一般征税　（101）		结汇方式： 电汇
许可证号	启运国（地区）： 日本	装货港： 长崎		境内目的地： 大连其他（21029）
批准文号：	成交方式： CIF	运费：	保费：	杂费：
合同协议号： FH20140835	件数： 80	包装种类： 纸箱	毛重（千克）： 1 432	净重（千克）： 1 337

续表

集装箱号： DIFU4990182	随附单据：		生产厂家：
标记唛码及备注： 无品牌衣服用			

项号	商品编号	商品名称、规格型号	数量及单位	最终目的国（地区）	单价	总价	币值	征免
1.	96062100.00	未用纺织材料包裹的纽扣	18 千克	日本	88.89	1 600	USD	全免
2.	54083200.40	染色的人纤长丝机织物	558 米	日本	33.99	18 967	USD	全免
3.	58062000.00	化纤制机含松紧带纱线	10 千克	日本	90	900	USD	全免
4.	58042100.00	化纤制机制花边	29 千克	日本	39.50	1 145.51	USD	全免

税费征收情况				
录入员　　录入单位：	兹声明以上申报无讹并承担法律责任：		海关审单批注及 放行日期（签章）	
报关员 单位地址	申报单位（签章）		审单：	审价：
			征税	统计
邮编	电话	填制日期	查验	放行

表8-2　中华人民共和国海关出口货物报关单（来料加工补偿贸易专用）

录入编号：012011077　　　　　　　　海关编号：0901210001201111077

出口口岸： 大连大窑湾　　0908	备案号：B1234567		出口日期： 2019-8-8	申报日期： 2019-8-7
经营单位　外贸企业 2109965034	运输方式： 江海运输	运输工具名称： DA-IN/9691E		提运单号： DAIN20387544
发货单位　外贸企业 2102934000	贸易方式： 来料加工　　0214		征免性质： 一般征税　　（101）	结汇方式： 电汇

续表

许可证号：	运抵国（地区）：日本		指运港：长崎		境内货源地：大连其他（21029）	
批准文号：	成交方式：FOB	运费：		保费：	杂费：	
合同协议号：FH20140835	件数：80	包装种类：纸箱		毛重（千克）：1 432	净重（千克）：1 337	
集装箱号：DIFU4990182	随附单据：				生产厂家：	
标记唛码及备注： FOB 加工费 22 567 美元 材料费 22 612.51 美元。						
项号	商品编号	商品名称、规格型号	数量及单位	最终目的国（地区）	单价 总价 币值 征免	
1.	62114390.90	化纤制梭织女式休闲罩衫/70 人造丝/30 涤	9 969 件	日本	4.532 45 179.51 USD 免税（美元）	
税费征收情况						
录入员：	录入单位：	兹声明以上申报无讹并承担法律责任：		海关审单批注及放行日期（签章）		
报关员 单位地址		申报单位（签章）		审单： 审价： 征税 统计		
邮编		电话	填制日期	查验 放行		

此时，大宇工厂出现了新的变化：工厂要求付清全部加工费之后，才能开具加工费发票。青青跟大宇工厂的会计说，如果不给 FH 贸易公司开具普通发票，FH 贸易公司就没有办法到国家税务总局开具来料加工免税证明，没有来料加工免税证明，葫芦岛的税务局就不会让大宇工厂免税，这样会给双方都造成利润的损失，工厂必须承担这个责任。说着，青青拿出国家税务总局公告 2012 年第 24 号给会计看：

"从事来料加工委托加工业务的出口企业，在取得加工企业开具的加工费的普通发票后，应在加工费的普通发票开具之日起至次月的增值税纳税申报期内，填报来料加工免税证明申请表，提供正式申报电子数据及下列资料：进口货物报关单原件及复印件、加工企业开具的加工费的普通发票原件及复印件、主管税务机关要求提供的其他资料，向主管税务机关办理来料加工免税证明。"

出口企业应将来料加工免税证明转交加工企业，加工企业持此证明向主管税务机关申报办理加工费的增值税、消费税免税手续。"

工作中的很多事情就像墨菲定律所说的："凡事只要有可能出错，那就一定会出错。"如果一个订单在一开始就操作不顺利，那这个订单在以后的进展过程中，容易出错的地方都会出错，尤其是做外贸订单的时候。所以，外贸企业要求业务人员有解决问题的方法和足够的勇气。

青青经过不懈的努力，终于和大宇工厂的会计达成较好的共识。对方会计答应按照公司的要求开具增值税普通发票（见表8-3）。青青拿到发票后，马上按照小高教的系统操作方法进行来料加工免税证明的申报。

表8-3 增值税普通发票

2200084140＝＝＝＝＝＝＝＝＝＝＝＝＝＝＝＝＝＝＝＝＝＝＝＝＝＝No00894587

抵扣联　　　开票日期：2019年8月27日

购货单位	名称：大连FH国际贸易有限公司 纳税人识别号：210202777253200 地址、电话： 开户行及账号：				密码区		
货物或应税劳务名称	规格型号	单位	数量	单价	金额	税率	税额
化纤制梭织女式休闲罩衫加工费	70人造丝/30涤	件	9 969	11.84	118 032.96	0	0
合计					118 032.96		0
价税合计（大写）	⊗壹拾壹万捌仟零叁拾贰元玖角陆分　　　　（小写）118 032.96						
销货单位	名称：葫芦岛大宇服装厂 纳税人识别号：21020366100200X 地址、电话： 开户行及账号：				备注	合同号：	

拿着发票,青青进入出口退税系统里的单证申报,准备开具免税证明。进入出口退税系统单证申报向导第二步中的"来料加工免税证明申请"(如图8-1),点击"增加"按钮。

图 8-1

先将相关数据一一录入系统(如图8-2)。如果只有一个出口商品的话,

图 8-2

就填写一个商品的出口数量或者分别填写数量，只要数量合计对得上就可以了。如果有两个商品，就对应两个商品录入。

录入后要"设置单证申报标志"（如图8-3），如果这个标志没有设置，就会影响打印的效果，所以一定要设置。

图8-3

然后点击退税向导第三步"打印单证申报表"（如图8-4）。

打印预览效果如图8-5所示。

比对内容没有问题后，就可以生成电子数据了，如图8-6所示。

系统提示生成1条数据（如图8-7）。

将此路径下的目录拷贝到U盘里，如图8-8所示。

青青带着打印的来料加工免税证明申请表、进口货物报关单原件及复印件、大宇加工企业开具的加工费的普通发票原件及复印件来到中山市税务局办理来料加工免税证明。中山市税务局除了要求企业提供电子数据外，还要求

图 8-4

图 8-5

图 8-6

图 8-7

图 8-8

打印一份免税证明,加盖公章返还给 FH 贸易公司。最后,青青将这个加盖了税务局公章的来料加工免税证明返给大宇工厂。大宇工厂的会计拿着这份资料到当地税务局办理免税备案。

青青的工作还没有结束,除了开具免税证明外,等到货物全部出口后,需要到海关对来料加工手册进行正式核销。海关核销以后,青青还要到税务局进行核销。

出口企业以来料加工的贸易方式出口货物并办理海关核销手续后,持海关签发的核销结案通知书、来料加工出口货物免税证明核销申请表和下列资料及正式申报电子数据,向主管税务机关办理来料加工出口货物免税核销手续。

(1)出口货物报关单原件及复印件;
(2)来料加工免税证明;
(3)加工企业开具的加工费的普通发票原件及复印件;
(4)主管税务机关要求提供的其他资料。

然后,在退税系统里录入相关的数据之后,报送税务局就可以了(如图 8-9)。

FH 贸易公司的来料加工业务的申报就这样完成了。

青青处理了这笔业务的会计分录。由于国外进口的原材料在所有权上不属于 FH 贸易公司,而属于日本客户,因此 FH 贸易公司不需要付汇,走一个表外的库存账就可以了。当原材料报关进口进来的时候,青青填写:

图 8-9

　　借记：外商来料　　纽扣　　　　　　　　　　　　　　　　18 千克

　　借记：外商来料　　纤长丝机织物　　　　　　　　　　　　558 米

　　借记：外商来料　　松紧带纱线　　　　　　　　　　　　　10 千克

　　借记：外商来料　　机制花边　　　　　　　　　　　　　　29 千克

大宇工厂派人提货后，青青就在库存账上填写，借记"拨出来料"，贷记"外商来料"。

　　借记：拨出来料——大宇工厂　　纽扣　　　　　　　　　　18 千克

　　借记：拨出来料——大宇工厂　　纤长丝机织物　　　　　　558 米

　　借记：拨出来料——大宇工厂　　松紧带纱线　　　　　　　10 千克

　　借记：拨出来料——大宇工厂　　机制花边　　　　　　　　29 千克

　　　　贷记：外商来料　　纽扣　　　　　　　　　　　　　　18 千克

　　　　贷记：外商来料　　纤长丝机织物　　　　　　　　　　558 米

　　　　贷记：外商来料　　松紧带纱线　　　　　　　　　　　10 千克

　　　　贷记：外商来料　　机制花边　　　　　　　　　　　　29 千克

当然，上面的分录也可以不写。在实际工作中，原材料到港后，受托工厂可能会立刻提走。

大宇工厂加工好成品后，给 FH 贸易公司开具了增值税普通发票。青青根据大宇工厂开具的普通发票记账（见表 8-4）。

表 8-4

2200084140 ＝＝＝＝＝＝＝＝＝＝＝＝＝＝＝＝＝＝＝＝＝ No00894587

抵扣联　　开票日期：2019 年 8 月 27 日

购货单位	名称：大连 FH 国际贸易有限公司 纳税人识别号：210202777253200 地址、电话： 开户行及账号：	密码区						
货物或应税 劳务名称	规格型号	单位	数量	单价	金额	税率	税额
化纤制梭织女式 休闲罩衫加工费	70 人造丝/30 涤	件	9 969	11.84	118 032.96	0	0
合计					118 032.96		0
价税合计 （大写）	⊗壹拾壹万捌仟零叁拾贰元玖角陆分　　　　　（小写）118 032.96						
销货单位	名称：葫芦岛大宇服装厂 纳税人识别号：21020266100200X 地址、电话： 开户行及账号：	备注	合同号：				

确认工厂加工费后，表内记账如下：

借：主营业务支出　　　　　　　　　　　　　　　　　　　118 032.96

　　贷：应付账款——大宇工厂　　　　　　　　　　　　　118 032.96

在库存账表外记账如下：

借：代管物资——女式休闲罩衫　　　　　　　　　　　　9 969 件

　　贷：拨出来料——大宇工厂　　纽扣　　　　　　　　18 千克

　　贷：拨出来料——大宇工厂　　纤长丝机织物　　　　558 米

　　贷：拨出来料——大宇工厂　　机制花边　　　　　　29 千克

报关出口出去后，表外记账贷记"代管物资——女式罩衫 9 969 件"，确认收入加工费 22 567 美元，该月第一个工作日美元对人民币中间汇率为 6.15，表内记账如下：

借：应收账款——国外客户　　　　　　　　　　　　　　138 787.05

贷：主营业务收入——来料加工收入　　　　138 787.05

这笔订单的毛利是：

138 787.05 - 118 032.96 = 20 754.09 元。

　　经过几个月的一般贸易和来料加工业务的实际操作，青青的出口业务理论和实操水平都有了大幅度的提高，崔京宇也陆续地把一些出口业务交给外贸公司来做。同时，Eric 的订单量也在稳步提升，除了来料加工的业务之外，他还在做一些一般贸易的业务。于是，青青变得越来越忙碌了。Grace 负责的生产企业的申报退税业务，由于采用了电子口岸的外部数据采集，其工作量和复杂程度大幅降低，因此，公司决定让 Grace 和青青一起负责外贸公司的退税申报。

小贴士

　　出口企业从事来料加工委托加工业务的，应在海关签发来料加工核销结案通知书之日（以结案日期为准）起至次月的增值税纳税申报期内，提供出口货物报关单的非"出口退税专用"联原件或复印件，按照《出口货物劳务增值税和消费税管理办法》第九条第（四）项第 2 目第（2）点规定办理来料加工出口货物免税核销手续。未按规定办理来料加工出口货物免税核销手续或经主管税务机关审核不予办理免税核销的，应按规定补缴来料加工费的增值税。

　　国家税务总局公告 2013 年第 12 号：

　　出口企业将加工贸易进口料件，采取委托加工收回出口的，在申报退（免）税或申请开具来料加工免税证明时，如提供的加工费发票不是由加工贸易手（账）册上注明的加工单位开具的，出口企业须向主管税务机关书面说明理由，并提供主管海关出具的书面证明。否则，属于进料加工委托加工业务的，对应的加工费不得抵扣或申报退（免）税；属于来料加工委托加工业务的，不得申请开具来料加工免税证明，相应的加工费不得申报免税。

国家税务总局公告2013年第65号：

很多出口企业在办理来料加工业务的时候往往急于办理手册，对于受托企业的加工水平和商品工艺未具体落实。后期往往出现受托企业无法完成加工，更换受托企业的时候又未能征得海关同意，结果造成企业手册的受托企业和实际加工企业不符，造成利润损失的情况。

第九章　换汇成本指标在外贸企业退税业务中的作用

在拓展市场的过程中,许多业务员只重视订单的利润而忽视退税政策的相关风险。虽然企业可能在当下获得较大的利润,但是这些利润与风险不成正比。所以真正的勇敢不是无视风险,而是认清风险、战胜风险。

第一节　通过换汇成本指标发现退税风险

"又是 Eric 组的订单……青青姐,我喜欢做其他组订单的退税申报,不喜欢做 Eric 组的。"有一次,Grace 一边在外贸退税系统录入数据一边不满地和青青嘀咕着。

青青笑着说:"有什么区别?"

Grace 转向青青,瞪着眼说:"区别大了!其他组的订单换汇成本都比较低,而 Eric 组的订单大部分时候都不赚钱,还经常赔钱。害得我每次去税务局申报的时候,都要填写换汇成本说明。我都快成重点核查户了。"

青青惊诧:"是吗?最近我一直忙于和总公司对账,还真没有注意这事。你把 Eric 最近订单的合同拿给我看看。"

Grace 将这几个月涉及 Eric 订单的情况表和合同拿给青青。青青经过仔细对比,发现 Eric 的合同除了来料加工订单的利润比较正常外,其他订单不是赚得少就是几乎不赚钱,有的甚至还要亏一点。青青觉得这个情况比较奇怪,便打电话向Eric确认。电话接通后,青青听到Eric不紧不慢地说:"我现在正在工厂和社长、崔总谈业务上的事,明天我回去再说。"

青青心生不悦。来料加工的订单稳定后,Eric又承揽了几个日本商社的客户,这让金社长非常看重他。所以Eric最近总往工厂跑,并直接向总公司汇报了情况,很多情况青青事后才知道,崔经理有时问起来,让青青很被动。

对于Eric这种态度,起初青青没有太在意。她觉得也许Eric认为她只是个临时的办公室主任,也不管业务,所以什么事都不和她说。而且,青青一开始就对Eric的印象不错,觉得他是个有礼貌、讲效率的人。然而,类似的情况多了,她也不由地多想。青青认为Eric忽略了一件事:青青的主业是公司的财务。虽然Eric负责市场和订单跟踪,但是出口退税业务毕竟是一个流程性很强的工作,很多环节需要财务人员和业务人员互相沟通。如果其中一个环节衔接不畅,就可能出现问题。目前关于订单的反馈,大部分都是从工厂那边传过来的,这让青青工作起来也很被动。

想到这些,青青叮嘱Eric,第二天回市内公司核实一些问题。

实际上,Eric确实没有把青青的话当回事儿。作为一名业务员,Eric总认为为企业创造财富的是销售,而财务只负责一些收付款的后续工作。如果企业没有业务,就不能持续经营。当然,企业里其他的工作人员也会相继失业,包括财务。正是对其他岗位从业者重视不足,才使Eric出现这些行为。

不出青青所料,第二天Eric又不知道跑到哪里去了。青青一直等到下午也没见Eric的踪影,便打电话问他在哪儿,Eric说他在普兰店区的工厂验货,其实他正和客户在洗浴中心。青青知道Eric在敷衍她,心生不快,便吓唬Eric说:"你的订单有问题,税务局打电话询问了。我要了解这些订单的签订内容,你赶快回来。"

Eric一听税务局问了,不禁担心起来:"税务局来电话了?什么时候?问什么了?你怎么说的?"

听到Eric难以掩饰的慌张声调,青青觉得好笑。同时她也从Eric一连串的发问中,了解了Eric对自己的真实看法。于是青青故意轻描淡写地说:"我搪塞了税务局，说具体情况不太了解。总之，你快回来吧，税务局肯定还会打电话问的。"

Eric 知道自己的订单有问题，非常着急："好，那我明天回去！"

第二天一大早，青青来到办公室，Eric 已经到了。一看到青青，Eric 马上说："魏会计，咱们到会议室去说具体情况吧。"

看到他如此急切，青青也有些纳闷：难道他这些订单真有问题？

来到会议室，Eric 便盯着青青问："税务局都问什么了？"

青青云淡风轻地说："税务局要了解退税业务情况，一般每个企业都有可能接到他们的询问电话。""有可能"3个字青青故意说得略重一些。

Eric 听完之后伸直腰板，猜到青青就是想把自己叫回来，所以利用税务局来压他。Eric 一听每个企业都有可能接到这种询问电话，就再次坐定，一字一顿地说："原来是这样啊。那你需要向我了解哪些情况？我的一般业务都向总公司的崔总汇报过了，金社长也都了解，你可以直接向金社长和崔京宇询问。"

青青心想他又拿社长来压我，我怎么可能直接跟社长了解订单情况？不过青青看他一开始还很紧张，一听说是税务局正常调查后便放松了许多，便知道他的订单有些问题。

青青冷笑着说："不过，按照我们两个部门的工作程序，业务的对接是由你和我来完成的。崔总和社长都不能代替你来和我对接工作，对吧？所以业务上的事，需要和我对接的事项你必须告诉我。"

青青说得柔声细语，可说出来的话却让 Eric 无可反驳。

看 Eric 无言以对，青青接着说："还有，我看了你这几个月的订单情况，发现你的订单普遍都不赚钱，有的甚至赔钱，这是怎么回事？"

Eric 虽然不能反驳青青的话，但也对这个看起来柔弱的女子刮目相看："这些订单合同，都征得了崔总同意。虽然有些订单不赚钱，但是公司需要积累客户，目前公司用的是薄利多销的战术。还有，这些订单的合同社长也已经同意了。"

崔京宇知道并同意这种事，这让青青非常意外。看 Eric 的样子，青青也觉得他不会在这种问题上说谎,不过青青认为事情还是有些蹊跷,准备先吓唬吓唬他:"Eric,按理说你做你的业务,我做我的财务,合同的事情不归我管。不过作为同一个公司的同事,我还是忍不住好心提醒你,你做的那些不赚钱甚至赔钱的业务,我们财务在申报退税的时候,每次都要给税务局写说明。税务局的意思很简单,订单赔钱一次、两次可以,经常如此,他们就会怀疑公司有骗税的嫌疑。你知道的,如果骗税金额比较大的话就要负刑事责任,甚至要蹲监狱。我们财务是根据你们业务部拿回来的单子做后续工作,一旦查到业务部那里,你们可得好好想想怎么说。"

Eric 也不是不知道眼下的订单走"偏门",但迫于业绩压力,他只能剑走偏锋。他本以为这些事情一般人是不会了解的,但是听青青一口气说了这么多,也害怕起来。Eric 以前听说青青没做过外贸会计,是来公司后现学的,但现在听青青说的话,便想一个新人会计都能发现问题,那税务局的人不早就看出问题了吗?想到这些,Eric 便低声问:"税务局对这块查得很严吗?"

青青说:"当然了,税务局对外贸企业退税查得格外严。"

Eric 低声说:"我也不瞒你,现在外贸订单不好做,国内用工成本不断提高,订单利润微薄。而且现在做外贸出口业务的公司也比较多,竞争太激烈了!你看去年开发区的韩资企业倒闭了多少,有的企业前一天还在生产,第二天全厂的设备都没了,老板也跑路了。如今的市场环境不好,所以有的订单好不容易拿下来,如果想保住国外客户,就得降价,甚至不赚钱,只能'赔本赚吆喝'。"

"市场环境残酷我是知道的,也是理解的。不过作为公司的一员,少赚钱可以,但是不能赔钱啊。当然做生意也不可能只赚不赔,只要赚多赔少就好,但我看了一下你们组的大部分订单,赔钱的不是一两单,而是很多单,这就说不过去了吧?从过去几个月的业务收入情况来看,你们部门目前几乎没有为公司创造任何利润,如果再算上各种人员成本和消耗……"青青觉得已经说得很尖锐了,便收口。

Eric 急忙说:"其实这些订单也不是真赔钱,只是表面上看赔钱,但是咱们可以靠退税赚钱!"

青青听说过有的外贸企业靠退税赚钱,但听 Eric 这么说,还是有些吃惊。虽然青青早就想到 Eric 订单利润如此低,必有门道,但青青真的希望只是自己想多了。青青作为财务人员,知道这里面的利害关系。她仍心存一丝幻想,希望从 Eric 那里听到不一样的答案,便不动声色地说:"不可能吧,怎么个赚钱法?在征税率是 13%,退税率也是 13%。你购进 1 000 元货物就有 130 元钱的进项税,退税率最高也就是 13%,国家也不能给你多退税啊。"

Eric 想也没想就说:"小魏,你只是坐在办公室里做财务,虽然理论上的东西你比较了解,但是这些业务的实际操作过程你可能不太清楚。"

青青故作惊讶地问:"哪些实际工作我不了解?这些工作我多少也是了解的,日常的实际申报和联系工厂,我都参与了。"

Eric 有些犹豫,不过还是对青青说:"比如,谈合同的时候让工厂多开点发票。"

"崔经理知道吗?"青青小声问。

"我大概和他说了一下。金社长也曾跟我说,只要有利润,我可以放手去做。"Eric 说。

根据 Eric 的说法,现在很多工厂的内销业务都不开发票,使得进项发票留底普遍比较多,造成这个现象有很多原因:一是一些生活用品都是卖给个人消费者,这样生产企业就不用开具内销发票,就会有大量的发票留底;二是一些购物网站的销售属于 C2C(消费者对消费者)的业务,产生很多的无票销售情况,使大量的进项税发票留底了。所以,很多出口企业都能用较低的价格买进进项发票,产生骗取退税行为。青青知道了这个业务的来龙去脉,心想,这个事情,社长可能不明白,可为什么有这么多年财务经验的崔京宇也不注意呢?青青觉得不用再问什么了,便对 Eric 说,"这属于偷逃骗税行为,如果被税务局发现的话,不但要追究你个人的刑事责任,连整个公司都要被取消出口退税的资格!"

"没那么严重吧?大家都这样做啊!"

"总之,我先跟崔总确认下吧!"

青青觉得和Eric继续沟通也不会取得什么进展，而且这件事情后果严重，不是自己能做主的，便和Eric结束谈话，立刻给崔京宇打电话说自己下午要去工厂一趟，有急事与他商议。

第二节 提前发现、提前解决，大事化小、小事化了

下午，青青急忙来到工厂。此时崔京宇已经在办公室里等她了。看到青青急急忙忙地赶来，崔京宇笑着对青青说："什么事情这么急啊？魏会计，先喝点水再说。"

青青坐了下来，喝了口水润润嗓子说："我查看了Eric最近的订单，发现他签署的合同大部分都是不赚钱的，我问他原因，他说可以通过虚开发票多取得退税款。他还说你是知道的，所以我今天特地过来跟你确认一下。"

崔京宇瞪大眼睛："我根本不知道啊，你具体说说是怎么回事。"

青青便把相应的合同、退税系统里换汇成本计算的结果拿出来，然后一笔笔地对崔京宇说明情况。随着青青的讲解越来越深入，崔京宇的表情也越来越凝重。

青青说完后，崔京宇对她说："前些日子Eric来找我，说贸易公司业务出口价格比较低，但是如果出口加工量比较多，生产企业为了揽活，可以事后以返还佣金的形式给我们一部分款项。这个事情他也向金社长反馈了，金社长为了利润，督促我全力配合Eric。社长既然这么说，我也就同意了。我让Eric和你多沟通，让他在做业务之前请你从财务角度上把把关。财务上没有问题的话，他才可以这么处理，他当时答应我会咨询你。"

青青回应说："在发现这些事情前，我什么都不知道。因为申报的时候，税务局对外贸企业的退税业务有评估指标，所以财务部才发现他的订单有些问题。我和Eric谈过后，感觉他对这个问题一点都不重视。崔总，下一步应该如何处理呢？"

崔京宇对销售部门这些揽活的手段略有了解，毕竟他自己做过多年业务员，知道做业务不容易，只要不出问题，一切都以经济利益为最终目的。只

不过崔京宇现在已是副总,其注意力不在这些细枝末节上,而且国家政策也会发生变化,作为公司副总,他也不可能事必躬亲。再说,公司还有业务经理把关,崔京宇对业务部也不会过多干涉。

今天青青把这件事情的来龙去脉告知崔京宇后,给崔京宇敲了个警钟。崔京宇也明白一旦出现税务风险,就会对企业造成很大的伤害。毕竟这件事并不是什么光彩的事,崔京宇认为这件事情最好不要扩大化,涉及相关业务的几个部门经理知道就可以了。违规的做法不知道 Eric 做了多久,只怕后期还会有深远的影响。崔京宇需要和金社长商量后再决定,就先对青青说:"金社长最近回韩国了,过些天回来。青青你先回去,Eric 所有订单的退税申报先暂停办理,等社长回来后再定如何处理。另外,这种情况暂时不要和其他同事说,一切等金社长回来再定。你回去后,查查 Eric 的订单到底有多少是这种情况,是从什么时候开始的。"

回到公司后,青青耐心地检查了 Eric 所有的订单,发现只有最近两个月申报的退税业务有疑点,其他订单暂时没问题。青青将这些订单的情况以表格的形式梳理了一遍,报送崔京宇。

过了 4 天,金社长和崔京宇一起来到市内的办公室,并将青青和 Eric 一起叫到会议室开了个小会。参会人员经沟通决定:Eric 的订单中目前还没有申报退税的业务,全部增值税发票退回重开;对于无法退回的发票,选择免税申报;已经退完税的订单暂且保持目前的状态。崔京宇严肃地叮嘱在座的各位不要将这个事情传播开来,保持小范围了解就可以了。社长取消了 Eric 的一部分出口订单业绩,并要求青青对以后的订单严加审核。青青也得到一项新授权——外贸公司所有的业务合同必须经过青青同意才可签订。Eric 作为业务副经理,其在业绩上的突出表现,本应该让他由副职转成正职,但发生了这些事情,金社长并没有将 Eric 转为正职。考虑到 Eric 在工作上毕竟下了大力气,也给公司带来不少业务,没有功劳也有苦劳,社长还是在工资上给了 Eric 一些补偿。

这件事就此告一段落,办公室的工作恢复正常运转。Eric 原本和青青就没多少话,在以后的工作中,两个人更多的是通过邮件沟通,在办公室的交流也仅限于工作。

　　为了公司业务的正常运作，青青希望 Eric 能想清楚，不要做这种违反国家规定的事情，一旦出现问题，公司就将付出相当大的代价。青青觉得自己只是对事不对人，但她不知道 Eric 是怎么想的。

　　自尊心强的 Eric 不仅没能转为正职，还在会上被要求改正，觉得很没面子。要说他对青青没有意见是不可能的，不过他暗暗发奋，誓要重整旗鼓，转为正职，抹掉这不光彩的一笔。同时，Eric 也对这个平常笑容满面的姑娘另眼相看，虽然心里十分不舒服，但是他也看到了青青的业务能力。为了在以后工作中不再发生这种事情，Eric 在沟通上比以前更主动了一些，当然只限于工作方面的事。

第三篇　守得云开见月明

魏青青在工作中不断遇到新的危机和挑战，凭借自己在工作中积累的经验和同事的帮助，她最终都化险为夷。魏青青得到公司领导和同事们的认可，并被委以重任。

第十章 深层次理解与分析出口企业退税政策

30%的知识是从书本上学来的,40%的知识是通过实践学来的,剩下30%的知识则要依靠个人的领悟。

第一节 外贸企业的退税政策与实务相结合

做会计工作的人给别人的印象通常是古板、锱铢必较的,他们工作时低着头,翻找着各种凭证,不停地对账、记账……他们做着、做着就忘记了自己的职业生涯规划,而是按部就班地、日复一日地重复相同的工作,最后流于平庸。如果一名会计从业者想要在自己的职业生涯中有所作为,就要将简单的记录工作上升为更高层次的工作,比如:将复杂的数据工作以简单通俗的语言向领导阐述清楚;将日常财务数据结合ERP(企业资源计划)系统进行有效的分析,分析整个企业资源如何有效地配比,展现行业未来的变化趋势;通过对各个部门的了解,确定企业税收的风险点等。

现在很多人都从事会计工作,他们觉得这个工作稳定性较强,而且相对于其他工作,会计赚钱比较容易。由于会计的从业人员越来越多,因此,做这行的收益在不断下降。而且,现在的经济环境和劳动力市场都对企业和从业者提出了更高的要求,会计从业者的工作压力也越来越大。如何在增加收入的基础上,减少工作量?这需要会计行业从业者提高自身的素质,增加工作的技术含量。财务分析管理无疑是会计行业中更高的一个层次。财务工作就像一个金字塔：底层工作多、竞争多、收益少，越往高层走，人越少、收益越高，而财务分析管理就是金字塔的顶部。要想从会计行业的最底层做到最高层，需要从业者在做好眼前工作的基础上，掌握相关的非财务知识。例如，做工厂财务工作的会计，不能仅将眼光局限于财务工作，还要了解生产工艺，这样才能准确地评估产品成本；只有了解出口合同的各个条款，才能对退税流程做出前瞻性的判断；只有了解商品的属性，才能选择合理的退税申报方式。

想要了解这些情况，一是要通过看书学习积累知识，二是向有经验的人请教，三是自己亲自参与。更重要的是，自己需要用心领会，并提出新的问题、新的见解。

随着市内外贸公司各种业务的不断展开，青青也陆续接触了更多的业务，并在这个过程中不断累积了大量经验。对于某些业务的处理方式，青青也有一些自己的独到想法。在日常签订合同的过程中，青青发现 Eric 组的合同大多利润微薄，原因在于签订合同时，跟单员不能准确把握产品的工艺，导致在生产完成品后，经常需要增加这个产品的深加工环节。虽然通过与客户沟通，这部分的深加工费用可以由客户负担，但由于外贸企业退税政策具有特殊性，相关的深加工发票不享受退税，也不允许抵扣。所以，这就等于增加了企业的成本，导致本来赚钱的合同变成了赚钱少甚至不赚钱的合同。除了深加工发票之外，还有陆路运输的发票也出现了类似的问题。

业务员的业绩压力本来就大，面对这种情况，Eric 的压力更是可想而知。青青决定通过周一的例会向 Eric 组提出这个问题的解决方法。

例会上，Eric 照例坐在青青的对面，按部就班地做着上个星期公司的业务总结。轮到青青发言的时候，青青也照例做了上周的工作总结，之后她阐述了自己的想法。

外贸企业出口货物（委托加工修理修配货物除外）增值税退（免）税的计税依据，是购进出口货物的增值税专用发票注明的金额或海关进口增值税专用缴款书注明的完税价格，即如果在应交增值税账上既有成品发票，也有其他深加工费用的发票,能退税的只有成品发票的金额,如表10-1所示。

表10-1 增值税账1

项目应交增值税账 (进项税外销账)	金额 (元)	征税率 13%	退税率 13%	能否退税
购买牛仔裤200件	10 000	1 300	1 300	能
购买后发生水洗费	1 000	130	130	否
购买后发生刺绣费	2 000	260	260	否

如果发生表10-1中的情况,则只能退200件牛仔裤的成品发票上的进项税,而水洗费用、刺绣费用和国内的运杂费的进项税都不能退税,也不能允许抵扣内销,要直接进入成本。如果本次出口货物的FOB价格是20 000元,那么企业利润就是:

20 000 - 10 000 - 1 130 - 2 260 = 6 610元

如果采用另外一种方式,和直接购进货物的工厂签订一条龙合同,由工厂负责水洗、刺绣、国内运输,这样的话,由工厂开具一张成品发票13 800元,这样应交增值税账(见表10-2)上只显示一张成品发票。

表10-2 增值税账2

项目应交增值税账 (进项税外销账)	金额 (元)	征税率 13%	退税率 13%	能否退税
购买牛仔裤200件	13 000	1 690	1 690	能

本次操作的话,利润就是:

20 000 - 13 000 = 7 000元

这样,企业的利润比第一种方式的利润多了390元。

讲到这里,青青悄悄看向Eric,发现Eric已经两眼放光了。

一开始Eric以为青青会对自己组的订单进行风险教育分析,没想到青青说的却是增加利润的方法,这让他喜出望外。日常的业务确实会出现成本增加的情况,既然公司现在用订单的利润来衡量各个经理的业绩,Eric就不可能不重视了。

青青继续向 Eric 组指出:"由于公司的业务员在与工厂签订合同时没有考虑这么多,因此我们经常收到用于深加工的发票及用于国外商品运输费用的发票,每一票的金额虽然不多,但是一年累计下来就会严重影响企业的利润。所以我建议以后最好和工厂签订'大合同',费用由工厂承担,包含在开具的成品发票内。"

青青提出相应的改进方法后,经过崔京宇点头、Eric 的贯彻,外贸公司的销售合同都按照新办法签订,这增加了外贸公司的利润点。随着 Eric 业绩的不断累积,他对青青的态度也由过去的消极应对转变为正常交流。

第二节 生产企业的自产货物与视同自产货物的退税政策及实务分析

对订单退税方案的完善,青青立了大功。为此,金社长在员工会议上表扬青青道:"虽然青青到公司不满一年,但她能够在认真履行本职工作的基础上积极思考,提高公司的订单利润,值得大家学习。希望公司各位同仁以此为标杆,积极主动地对公司的各个环节进行分析,提出有效提高企业利润的建议。"崔京宇听了社长的讲话,心里非常高兴,他觉得自己没有看错青青。

青青被金社长点名表扬,让赵志刚心里很不是滋味。他心想,青青也算是自己带过的徒弟,她业务进步快也有自己的一份功劳,可公司对他这个师傅一句赞扬的话也没有;另外,金社长说的这些话明显是崔京宇写的,赵志刚感觉崔京宇针对自己,这让他深感不快,准备找机会给崔京宇点颜色瞧瞧。

业务部最近接了一票加工西班牙 ROB 品牌运动装的订单,共计 7.4 万套运动装。订单接下来后,业务部经理秦睿发现工厂的加工能力严重不足。工厂生产线只能加工 3.4 万套运动装,需要将余下的 4 万套运动装委托其他工厂生产。秦睿向崔京宇请示可不可以将这 4 万套运动装放到其他工厂加工,崔京宇让他把赵志刚找来,商量一下这样做对退税有没有影响。

赵志刚说可以放到其他工厂加工,只要符合税务政策,视同自产货物就可以退税。

崔京宇知道，生产企业的出口退税业务和外贸公司的退税业务在计算方式上有区别：生产企业执行的是免抵退税政策，而外贸企业执行的是免退税政策。

还有一个区别，由于外贸企业没有加工能力，出口的商品不受生产工具限制，只要是国家允许的，都可以出口，因此，税务局在审核退税的时候也相应的严格些。而生产企业由于加工能力有限，只有出口自己加工过的物品，也就是自产货物，才可以享受退税政策。其出口没有经过自己加工的物品也就是非自产货物，要看是否符合视同自产货物的规定，如果符合则可以享受退税，如果不符合，则可以免税出口但是进项税不能退，也不能抵扣。

崔京宇在工作中比较关注这些货物的加工和来源，原因是前几年工厂没有关注这些，税务局在检查的时候向工厂罚过款。崔京宇记得很清楚，有一次由于工厂的加工能力有限，因此有些订单是由其他工厂完成的，其他工厂加工成成品后再销售给本工厂，本工厂负责清洗和包装。按理说，工厂参与了这些成品的加工，其应该算作自产货物。

税务局当时的回答是：自产货物指企业利用自身技术与各种资源，自己生产的可供出售的物品。

自产货物也是货物的一种，应该具备一般货物基本特点：

第一，经过企业的加工制造过程，所生产的物品与原来用于生产的原材料物品在形态、性能各方面都发生了变化；

第二，产品本身的价值，既包含了物料消耗价值，也包含了人工价值；

第三，可以单独作为一种产品对外销售。

其中第一点"经过企业的加工制造过程，所生产的物品与原来用于生产的原材料物品在形态、性能各方面都发生了变化"，即使买进的成品经过清洗、包装、打上了商标，但是并没有在形态、性能上发生变化，就不能算自产货物，不能申报退税。

有了前车之鉴，崔京宇在自产货物和视同自产货物的区别上格外注意。

这次的订单有 4 万套运动装要在其他工厂生产,崔京宇格外重视,拿出相关政策看了又看。

《财政部 国家税务总局关于出口货物劳务增值税和消费税政策的通知》(财税 2012 年第 39 号)附件 4 规定,视同自产货物的具体范围如下。

一、持续经营以来从未发生骗取出口退税、虚开增值税专用发票或农产品收购发票、接受虚开增值税专用发票(善意取得虚开增值税专用发票除外)行为且同时符合下列条件的生产企业出口的外购货物,可视同自产货物适用增值税退(免)税政策:

(一)已取得增值税一般纳税人资格。

(二)已持续经营 2 年及 2 年以上。

(三)纳税信用等级 A 级。

(四)上一年度销售额 5 亿元以上。

(五)外购出口的货物与本企业自产货物同类型或具有相关性。

二、持续经营以来从未发生骗取出口退税、虚开增值税专用发票或农产品收购发票、接受虚开增值税专用发票(善意取得虚开增值税专用发票除外)行为但不能同时符合第一条规定条件的生产企业,出口的外购货物符合下列条件之一的,可视同自产货物申报适用增值税退(免)税政策:

(一)同时符合下列条件的外购货物:

1. 与本企业生产的货物名称、性能相同。

2. 使用本企业注册商标或境外单位或个人提供给本企业使用的商标。

3. 出口给进口本企业自产货物的境外单位或个人。

(二)与本企业所生产的货物属于配套出口,且出口给进口本企业自产货物的境外单位或个人的外购货物,符合下列条件之一的:

1. 用于维修本企业出口的自产货物的工具、零部件、配件。

2. 不经过本企业加工或组装,出口后能直接与本企业自产货物组合成成套设备的货物。

(三)经集团公司总部所在地的地级以上税务局认定的集团公司,其控股的生产企业之间收购的自产货物以及集团公司与其控股的生产企业之间收购的自产货物。

（四）同时符合下列条件的委托加工货物：

1. 与本企业生产的货物名称、性能相同，或者是用本企业生产的货物再委托深加工的货物。

2. 出口给进口本企业自产货物的境外单位或个人。

3. 委托方与受托方必须签订委托加工协议，且主要原材料必须由委托方提供，受托方不垫付资金，只收取加工费，开具加工费（含代垫的辅助材料）的增值税专用发票。

（五）用于本企业中标项目下的机电产品。

（六）用于对外承包工程项目下的货物。

（七）用于境外投资的货物。

（八）用于对外援助的货物。

（九）生产自产货物的外购设备和原材料（农产品除外）。

举个例子，如果公司接到耐克公司的订单，需要加工 2 万套运动装，但是我们加工能力不足，只能加工 15 000 套，可以将剩余的 5 000 套运动装放到其他工厂进行加工，最后收回成品增值税发票认证抵扣，然后出口申报退税。

该文件第二条第（二）点，"与本企业所生产的货物属于配套出口，且出口给进口本企业自产货物的境外单位或个人的外购货物，符合下列条件之一的：

（1）用于维修本企业出口的自产货物的工具、零部件、配件。

（2）不经过本企业加工或组装，出口后能直接与本企业自产货物组合成成套设备的货物。"

国家税务总局公告 2013 年第 65 号《国家税务总局关于出口货物劳务增值税和消费税有关问题的公告》将"成套设备"改为了"成套产品"：

"生产企业外购的不经过本企业加工或组装，出口后能直接与本企业自产货物组合成成套产品的货物，如配套出口给进口本企业自产货物的境外单位或个人，可作为视同自产货物申报退（免）税。生产企业申报出口视同自产的货物退（免）税时，应按生产企业出口视同自产货物业务类型对照表，在生产企业出口货物免、抵、退税申报明细表的'业务类型'栏内填写对应标识,主管税务机关如发现企业填报错误的,应及时要求企业改正。"

凡是视同自产货物的退税系统的申报都必须在业务类型代码(如图 10 - 1)里加上"STZC -(01、02、03……)"等相关的业务类型代码。

图 10 - 1

视同自产货物的第二条第(二)点主要说,有些出口货物有损耗的配件和维修工具,虽然不是自己生产的,但也可以退税。例如电脑公司出口一台电脑,需要螺丝刀进行维修,那么配套螺丝刀可以退税,但是如果单独出口螺丝刀就不能算作视同自产。

第(二)点中的第 2 条,主要说有一些出口电动剃须刀的企业,出口到国外的产品是电动剃须刀,客户要求配小镜子和小梳子。虽然小镜子、小梳子都不是工厂自己加工的,但是由于能组成成套产品,因此可以视同自产申报退税。

第二条第(三)点,集团公司之间的采购也可算作视同自产货物。例如分公司生产的货物可以内销给总公司,虽然货物不是总公司生产的,但是可以由总公司出口退税。

举个例子，因为货物需求量大，工厂自己加工不完，所以将原材料调到其他工厂进行加工，这就叫委托加工。另外，有的工厂加工后的成品货物，如衣服类，需要水洗、刺绣等，这叫作再委托深加工。

需要注意的是，在做委托加工的时候，工厂一定要有两张发票，一张是采购原材料的发票，另一张是受托方开具的加工费发票。如果一不小心开成一张成品增值税专用发票的话，就不能算作委托加工业务了。

崔京宇把政策理顺后，结合工厂自己组料的实际情况，想到如果要用视同自产的符合外购政策，则必须将国内原材料平价销售给其他工厂，这样会使企业收入虚增。所以还是视同自产的委托加工比较合适。

崔京宇决定后，就打电话让赵志刚按照视同自产货物中的委托加工类型来执行。赵志刚接电话说正在外面办事，电话听不清楚，请崔京宇发电子邮件到他的邮箱，等他回到工厂后再确认。回到工厂后，赵志刚将崔京宇的电子邮件转发给了业务部经理秦睿。

几个月后，货物要出口的时候，问题不期而至：在这4万套运动装里有13 500套运动羽绒服。羽绒服是大连布罗森服装有限公司从来没有加工过、出口过、申报过的货物，这不符合视同自产范围中的"与本企业生产的货物名称、性能相同，或者是用本企业生产的货物再委托深加工的货物"。

如果税务局在企业申报退税的时候发现了这批商品，就不会退税。按正常的业务流程，这个问题只有等到申报的时候才能发现，崔京宇能提前发现也算是巧合。崔京宇在和业务部经理秦睿谈话的时候，顺便询问了本次订单还有多少产品没有出口，秦睿说就剩羽绒服没有出口。崔京宇对公司生产的货物有所了解，听见"羽绒服"后，便知道这里存在着大问题。

崔京宇后悔自己当时粗心大意，没有仔细检查委托加工合同中的商品明细。赵志刚则在背地里幸灾乐祸，这笔订单是崔京宇在电子邮件确认过并同意了的。

崔京宇怀疑赵志刚最初就知道这笔订单里有羽绒服，原因是秦睿曾经报给过赵志刚这批商品的出口明细，但赵志刚报给自己的明细里，"羽绒服"恰好在第二页纸最上面，不容易被发现，也怪自己当时没有仔细看。现在说什么都是徒劳，而且赵志刚事先请示过自己，如果出现问题，责任都可以推到自己身上。赵志刚就算有责任，也可以推脱说业务部没交代清楚。

作为一起来到布罗森的伙伴，赵志刚这一次做的事可真的有点过分了。布罗森运行七年，虽然业务量尚可，但随着经济疲软在全世界蔓延以及中国劳动力成本的逐渐提高，公司上下都在想办法开源节流。总公司为了寻找新出路而不断做出尝试，甚至为了锁定客户接微利的订单，可是公司内部却因一些"无厘头"的原因造成本不该有的损失，这让崔京宇这个副总深感失望。同时，面对这段时间以来企业总体业绩水平不佳的情况，崔京宇感觉自己的地位岌岌可危。如果说崔京宇原本对赵志刚的态度是头疼，这一次崔京宇可真得将这一笔账好好记下了。

赵志刚的事情以后再说，眼下最要紧的是这批订单如何顺利出口申报退税。如果这批货物无法退税，只能免税申报了。这样的话，相关的进项税也要记入成本，会给公司造成比较大的损失。

正当崔京宇一筹莫展的时候，青青来到工厂汇报工作。看到崔京宇满面愁容，青青关心地询问有没有需要她帮忙的，崔京宇便将事情的来龙去脉告诉了青青。

青青听崔京宇说完，略微思考后便问："崔总，这些货物如果工厂不能出口的话，放到外贸公司出口行吗？"

崔京宇纳闷："外贸公司？"

"既然这个订单不符合生产企业视同自产委托加工的政策，那就让咱们工厂再开具发票内销给外贸公司好了。由外贸公司退税，就不受'与本企业生产的货物名称、性能相同'这条规定的限制了。"

崔京宇恍然大悟："我怎么没想到呢？我们不是还有个外贸公司吗？这样的话，和西班牙客户签订的出口合同的销售方也要改成FH贸易公司，好在这次是T/T付款。我和业务部的秦睿说一下，你等我把资料转到你那里。"

青青点头说知道了，把来工厂要办的事情办完后便回市内办公室了。

虽然之后的手续比较麻烦，但是在与崔京宇和业务部主管秦睿沟通后，客户重新修改了合同，由外贸公司来负责出口申报，这次危机总算顺利化解了。

青青想，如果生产企业出口的不是自己生产的货物，货物不能被认定为视同自产货物的话，可以免税出口，但是相应的进项税是不退的。这样，进项税就要转入成本，就会给企业造成利润上的损失。所以，一开始签订合同的时候，外贸业务员只有把这些政策考虑进去，才不至于在出现问题后再补救。这就要求外贸业务员和跟单员具有一些财务方面的理论知识。

青青把自己的想法报告给崔京宇："出口业务员和财务人员工作的最终目的是给企业创造利润，但这些工作人员有时候互不来往，导致双方无法沟通，最终造成公司利润的损失或者退税工作不顺利，我觉得有必要让大家坐在一起互相交流、相互学习。"

"嗯，你说得很对。"崔京宇赞同道，"就像上次 Eric 出现的问题，我事后也和他沟通过。他的用心是好的，但是他对相关的政策不太熟悉，不能像会计那样思考问题。我们有的财务人员对业务员有关政策的讲解也不太到位，很容易理论化。所以也不能全怪业务员，毕竟他们没有财务知识，很难理解。"

"这次我们工厂出现的西班牙订单的问题也与业务部门对具体政策没有把握好有关。说业务员做事不严谨，也确实冤枉了他们，可是如果业务部能事前向财务部说明有部分商品是工厂从来没加工过的，就不会造成申报退税时的困难。所以，两个部门很有必要互相学习。

"魏会计，这个工作就交给你了。你负责归纳一下出口退税的政策和理论，理出一个大纲，将一些退税风险用形象、生动、通俗的语言向大家介绍下，这样有助于业务员更好地掌握整个流程。"

"我？"青青提出这个建议时，知道财务部肯定要为此做出一番准备。她原本以为公司有老会计赵志刚在，这项任务应该由赵志刚带领各位会计准备培训。

"对，你。"崔京宇微笑着看着青青。

"能行吗？"青青本想说有赵会计在，我做不合适之类的话，不过看崔总坚定的样子，青青觉得还是把这个工作接下来吧。赵会计是一个做事谨慎的人,可是上一次西班牙的订单出了那样的问题,很难说他当时是不是真的没有想到这样的解决办法。

"都是自己的同事,试一试,你算是抛砖引玉。"崔京宇鼓励青青说道。

"那好,我先试试。"青青谦虚地说道。

第三节 出口货物退税、免税、征税的实务分析

如何通俗易懂地让业务员了解不同的出口业务对利润的影响呢?青青知道光说理论肯定不行,一定要举实例,通过不同例子的比较,让大家看到不同的结果,用事实说话,肯定更具有说服力。

培训定在星期三下午,全体财务人员和业务员坐在一起,开始进行第一次有关财务政策的沟通交流。

崔京宇做了开场白:"这次培训是一个交流会,目的是更好地完善出口退税业务流程,规避风险,提升企业盈利空间。先由魏青青对出口业务和财务政策的一些交叉点做分析和讲解,魏会计讲完后,大家再根据自己日常工作中遇到的问题进行讨论。"

青青走到会议室的讲台,一抬头看到金社长也坐在后面,有点紧张。青青没想到坐在第一排的竟是 Eric,当青青看向 Eric 时,他朝青青点了点头。

"一个企业出口货物的最终目的是盈利,这一点是不容置疑的。能够出口的货物,包含了三种可能发生的税务处理方式:第一种是出口货物既免税也退税,第二种是出口货物出口免税但是不退税,第三种是出口货物出口征税。这三种出口的处理方式对企业出口货物的利润影响是不同的。"

青青举例说明。假设出口报关单上货物 FOB 价格是 226 元,购进原材料不含税价格 100 元,进项税 13 元,退税率 13%,没有内销。出口后的货物或者有退税,或者免税不退税,或者视同内销征税,这对企业的利润会有不同的影响,如表 10-3 所示。

表 10-3 三种方式对利润的影响

	销项税	进项税	利润（元）
出口退税	免税	退	利润 = 226 - 100 = 126
出口免税	免税	转为成本	利润 = 226 - 113 = 113
出口征税	计提	允许抵扣	利润 = 200 - 100 = 100

从利润的大小来看，出口退税的利润要大于出口免税的利润，出口免税的利润要大于出口征税的利润。讲完这一段，青青看了一下大家，问："大家对这个问题有什么不明白的吗？"

Eric 首先提问："这个道理大家都明白，但是我们怎么能准确地知悉到底哪些货物或者业务是免税的？哪些是征税的？"

第四节 出口货物退税、免税、征税在各种条件下的单证准备

青青说："这个问题我马上就要讲。"她将生产企业出口业务和货物中哪些是退税业务、免税业务和征税业务归纳出了几个要点。

首先，出口货物能否取得相关单证，其中包括出口需要的各类单证（见表 10-4）。

表 10-4 出口货物相关单证

出口的主体	退税必要单证	免税必要单证	出口征税
生产企业	出口报关单退税专用联	没有退税联，有出口报关单其他联次	无报关单、无发票
外贸公司	报关单退税联、增值税发票抵扣联	没有退税联，但是有出口报关单其他联次或者没有增值税专用发票但是有普通发票	无报关单、无发票，比如样品没有报关出口、快递出口

其次，由于出口退税还包含了一些后期准备的单证（见表10-5），这些单证如果没有准备齐全，税务局会对这笔货物申报予以不退税处理，或者已退完税的货物补交退税款，转而适用一些免税和征税的政策。所以，公司业务部的业务员不能认为货物出口后，产品没有质量问题就万事大吉了。大家还需要协助公司财务人员取得相关的凭证，否则会给订单造成利润损失。

表10-5 出口退税后期准备单证

出口的主体	后期退税必要单证	免税必要单证	出口征税
生产企业、外贸企业	单证备案（出口和购货合同、提单、运单、场站收据等）	无单证备案适用免税	提供单证备案为虚假的征税
	收汇水单，或者无收汇但是视同收汇，比如：产品出现质量问题等不可抗力的原因	不收汇或者没有收汇水单适用免税	提供收汇水单为虚假的征税

最后，如果生产企业既能准备好相关单证又能收汇，还要看你的货物是否符合退税相关条件，可参考表10-6。

表10-6 退税条件

出口货物	适用退税	适用免税	适用征税
自产货物	有退税率商品	0退税率的商品，出口退税系统的特殊商品标志为2	0退税率商品，出口退税系统的特殊商品标志为1
非自产货物	视同自产货物	非视同自产货物	以自产货物进行申报
原材料	生产自产货物的原材料	没有用于自产货物的原材料	以自产货物进行申报
生产设备、流水线	生产自产货物的设备	普通发票购买的设备或没有生产自产货物的设备	以自产货物进行申报

在相关单证都能保证收齐的情况下，要看货物出口属于哪一项，是退税、免税，还是征税？这样业务员在签订合同的时候，就能对本次出口货物的利

润状况有个具体的了解。

青青又说了几个和业务相关的政策,并频频举例说明,大家纷纷点头。

"好了,本期的内容先讲这么多,大家有什么不太明白的,可以问我。"青青讲完后看看崔京宇。

崔京宇说:"现在大家可以互相交流了。"

Eric第一个发言:"这次的会办得特别好,大家可以多交流。因为平常都是财务人员管理财务的税收,业务人员管业务的利润,所以说到合同执行的时候,彼此经常不在同一个频道上。这样的培训交流能使大家更了解对方的想法,避免日常工作中出现问题。"

秦睿也点头说:"对,两个部门以后多交流,业务上就不会出现那么多问题。"

业务部的两个经理——经理秦睿和副经理Eric都肯定了此次培训的作用,其他的业务员纷纷提出了在业务上遇到的问题,青青一一进行了解答,并对平常贸易中涉及的财务问题提出了一些看法,业务部也对财务部门的提问做出了回应。

业务部在会议中提出了一些有难度的问题,比如在加工贸易的选择上,是选择进料加工还是来料加工等。有些问题的答案青青也没有想好,她表示之后多整理些材料,再与大家交流。最近工厂的进料加工出口业务量有所增加,青青想利用这个机会多接触一下,将加工贸易相关业务彻底理顺。

第十一章　认真对待每一次遇到的退税问题

每个行业都有低难度的和高难度的业务问题。有问题不可怕，可怕的是我们丢掉了解决问题的勇气和智慧。

第一节　崔京宇眼里的加工贸易种类及区别

赵志刚在家休息了一段时间后，琢磨着上次西班牙订单的事情也处理得差不多了，便来公司上班。

崔京宇虽然表面上还是对赵志刚一如既往地信任，但在工作中他会尽量参与和把握工厂退税的每个环节。他还以赵志刚最近身体不适为由，将魏青青调到工厂，负责处理公司的出口退税业务。崔京宇打算等青青熟练掌握生产企业的退税业务后，将赵志刚调换岗位，最后让赵志刚知难而退。

不过赵志刚毕竟在职场上混了这么久，虽然不能说是老江湖，但对崔京宇打的主意也是心知肚明。赵志刚从来就不是等着被人挤兑的角色，心想既然你崔京宇想挤对我，我也让你看看这个工厂的退税业务到底能不能离开我。赵志刚对自己很有信心，他觉得表面上看魏青青对退税知识掌握得挺熟练，但实际上她还远达不到精通的程度，公司的退税业务仅凭她的水平，是不可能完成的。

不过青青也确实引起了赵志刚的注意。原本赵志刚以为一个刚接触外贸会计的小姑娘,不至于影响他在公司的地位,但是现在崔京宇越来越重视她,就连社长也注意到她了,而且现在魏青青在同事当中又相当有威信,这可不是什么好兆头。赵志刚盘算着找机会让青青在退税的业务上犯错误,好让她彻底离开公司。不过由于上次的事情,崔京宇叮嘱过青青以后做退税工作要十分小心和认真,因此这个错误可不是轻而易举就能出现的。

赵志刚就这样慢慢地等待着,过了年关,机会悄然而来。

进料加工业务的退税申报工作是生产企业退税业务中手续比较复杂的。每年2月到4月是各个生产性的出口企业手册核销的时候,由于业务量加大,因此容易出现错误。另外,最近几年国家税务总局对进料加工业务做了大范围的政策调整,很多进料加工业务的办理政策都发生了变化。青青这样的新手只有先甄别手里的进料加工的业务资料,才能进行下一步的学习。赵志刚决定利用进料加工手册核销的机会制造危机,让青青彻底离开公司。

想要理解进料加工,就得从了解外贸公司的来料加工开始,来料加工和进料加工同属于加工贸易。什么叫作加工贸易呢?进料加工和来料加工的计算方式具体又有哪些不同?青青带着许多疑问走向崔京宇的办公室。

崔京宇在加工企业工作多年,对进料加工业务要比青青熟悉得多。崔京宇正好有时间,便跟青青耐心解释:根据《中华人民共和国海关加工贸易货物监管办法》(海关总署令第219号)规定,加工贸易是指经营企业进口全部或者部分原辅材料、零部件、元器件、包装物料(以下简称料件),经过加工或者装配后,将制成品复出口的经营活动,包括来料加工和进料加工。

青青向崔京宇请教:"通常说的'两头在外'就是指原材料由境外提供,制造出的成品最后出口境外?"

崔京宇回答:"没错。原材料的进口方式一般有3种,分别是一般贸易进口、来料加工进口、进料加工进口。这3种进口方式有几个不同点,计算退税的方式也各有不同。我以前归纳了一个表格(见表11-1),你可以看看。"

表 11-1 3 种原材料进口方式退税方式的不同点

不同点	一般贸易进口	来料加工进口	进料加工进口
制造出成品的销售地点不同	在国内加工成品 成品在国内销售	在国内加工成品 成品出口到国外	在国内加工成品 成品出口到国外
进口原材料的关税、增值税、消费税的征缴方式不同	征收进口关税、进口增值税（如属于消费税商品征消费税）	全额或者部分保税（免征关税和进口增值税）	全额或者部分保税（免征关税和进口增值税）
成品出口后退税计算方式不同	成品耗用的国内、国外原材料进项税参与免抵退税的计算，出口全部免税	成品耗用的国内原材料进项税不退税、不抵扣、记入成本，出口全部免税。	成品耗用的国内原材料进项税参与免抵退税的计算，出口全部免税
出口成品所有权的归属不同	所有权属于国内公司	所有权属于国外公司	所有权属于国内公司

青青拿到表格，认真看了一会儿说："这里面说的不同点我大概了解了，但具体是如何计算的呢？"

崔京宇耐心地举例子给青青讲解。如果生产企业采用一般贸易进口，A原材料的进口价格大概是 1 000 元，关税是 10%，进口增值税是 13%，国内采购原材料 500 元，进项税 65 元，加工后一般贸易出口的成品 FOB 价格是 2 000 元，征税率 13%，退税率是 13%。

购进国外原材料：

计算：进口关税 $1\,000 \times 10\% = 100$ 元

计算：进口增值税 $(1\,000 + 100) \times 13\% = 143$ 元

(1) 借：原材料——进口材料　　　　　　　　　　　　　1 100

　　　　应交税金——应交增值税（海关进口增值税）　　143

　　贷：应付账款——国外客户　　　　　　　　　　　　1 000

　　　　　银行存款　　　　　　　　　　　　　　　　　243

（2）借：原材料——国内材料 500
　　　　应交税金——应交增值税——进项税 65
　　　贷：银行存款 565

（3）结转成本：
　　借：生产成本 1 600
　　　贷：原材料——国外 1 100
　　　　　　　　　——国内 500
　　借：库存商品 1 600
　　　贷：生产成本 1 600
　　借：主营业务成本 1 600
　　　贷：库存商品 1 600

（4）加工成品出口后：
　　借：应收账款 2 000
　　　贷：主营业务收入——一般贸易 2 000

（5）单证信息齐全后计算退税

①计算免抵退税不得免征和抵扣税额

＝当期出口货物离岸价×外汇人民币牌价×（出口货物征税税率－出口货物退税率）＝2 000×（13％－13％）＝0元

②计算期末留抵税额

＝－［销项税额－（进项发生额－进项税额转出）］＝－［0－(143＋65－0)］＝208元

③计算免抵退税额

＝出口货物离岸价×外汇人民币牌价×出口货物退税率

＝2 000×13％＝260元

④计算应退税额

由于期末留抵税额小于免抵退税额，所以：

应退税额＝期末留抵税额＝208元

⑤计算免抵税额

= 260 - 208 元 = 52 元

(6) 借：应收账款——退税款　　　　　　　　　　　260

　　　贷：应交增值税——出口退税　　　　　　　　260

　　借：应交增值税——免抵税额　　　　　　　　　52

　　　贷：应交增值税——出口退税　　　　　　　　52

利润为 2 000 - 1 600 = 400 元，这是日常的生产企业一般贸易的计算。

青青心想在这方面一般贸易和平常一般贸易没有什么不同，只不过企业在采购国外原材料的时候增加了关税的成本。

崔京宇说："还是这个案例，如果生产企业采用进料加工方式进口，海关采取关税和进口增值税全额保税，则 A 原材料进口价格大概是 1 000 元，海关保税，无关税、无进口增值税，国内采购原材料 500 元进项税 65 元，加工后出口的成品 FOB 价格是 2 000 元，征税率 13%，退税率 13%。

(1) 购进国外原材料：

　　借：原材料　　　　　　　　　　　　　　　　　1 000

　　　贷：应付账款——国外客户　　　　　　　　　1 000

(2) 购进国内原材料：

　　借：原材料——国内材料　　　　　　　　　　　500

　　　应交税金——应交增值税——进项税　　　　　65

　　　贷：银行存款　　　　　　　　　　　　　　　565

(3) 结转成本：

　　借：生产成本　　　　　　　　　　　　　　　　1 500

　　　贷：原材料——国外　　　　　　　　　　　　1 000

　　　　　　　　——国内　　　　　　　　　　　　500

　　借：库存商品　　　　　　　　　　　　　　　　1 500

　　　贷：生产成本　　　　　　　　　　　　　　　1 500

　　借：主营业务成本　　　　　　　　　　　　　　1 500

　　　贷：库存商品　　　　　　　　　　　　　　　1 500

（4）加工出口后：

借：应收账款——国外某客户　　　　　　　　　　　2 000
　　贷：主营业务收入——进料加工出口　　　　　　　　2 000

（5）单证信息齐全计算退税：

①计算免抵退税不得免征和抵扣税额

免抵退税额不得免征和抵扣税额抵减额 = 免税进口料件组成计税价格 × （出口货物征税税率 - 出口货物退税率）= 1 000 × (13% - 13%) = 0

免抵退税不得免征和抵扣税额 = 当期出口货物离岸价 × 外汇人民币牌价 × （出口货物征税税率 - 出口货物退税率）- 免抵退税不得免征和抵扣税额抵减额 = 2 000 × (13% - 13%) - 0 = 0

②计算期末留抵税额

期末留抵税额 = -［销项税额 - （进项发生额 - 进项税额转出）］= -［0 - (65 - 0)］= 65 元

③计算免抵退税额

免抵退税额抵减额 = 免税进口料件组成计税价格 × 外汇人民币牌价 × 出口货物退税率 = 1 000 × 13% = 130 元

免抵退税额 = 出口货物离岸价 × 外汇人民币牌价 × 出口货物退税率 - 免抵退税额抵减额 = 2 000 × 13% - 130 = 130 元

④计算应退税额

由于期末留抵税额小于免抵退税额，因此：

应退税额 = 留底税额 = 65 元

⑤计算免抵税额

免抵税额 = 免抵退税额 - 应退税额 = 130 - 65 = 65 元

（6）借：应收账款——出口退税款　　　　　　　　　　　65
　　　　贷：应交增值税——出口退税　　　　　　　　　　65
　　　借：应交增值税——免抵税额　　　　　　　　　　　65
　　　　贷：应交增值税——出口退税　　　　　　　　　　65

利润 = 2 000 - 1 000 - 500 = 500 元。进料加工的业务多了两个抵减额，一个是不得免征和抵扣税额抵减额，一个是免抵退税额抵减额。

青青想不出为什么，便问："为什么会出现两个抵减额呢？"

崔京宇解答："这是因为咱们免抵退税计算的前提条件是'这个成品所耗用的原材料都是有进项税的'。然而，进料加工的原材料由于海关免征进口增值税，因此出口的成品离岸价格就必须减去所耗用的免征进口增值税原材料的价格，否则出口的离岸价格就是虚增的，计算免抵退税就会出现不准确的情况。"

"我明白了。"

崔京宇接着说："这个案例，说明在同样的物耗前提下，以进料加工的方式加工成品出口的利润比一般贸易进口原材料然后加工成品出口的利润要多，是吧？"

青青说："是，一般贸易进口，海关要征收关税，关税要计入成本，而进料加工时没有关税。那么，如果改成来料加工，利润会有什么变化吗？"

"你的思维还挺跳跃的，这就跑到来料加工上了。"崔京宇笑道，又接着讲下去。来料加工贸易和进料加工贸易的共同之处在于原材料都来自国外，加工后成品也都销往国外市场。

它们的不同之处在于：在进料加工贸易中，进口料件和出口成品是两笔独立的交易，进料加工的企业需自筹资金从国外购入料件，然后自行向国外市场销售。来料加工贸易进、出为一笔交易，料件和成品的所有权均归委托方所有，承接方无须支付进口费用也不承担销售风险。

它们最根本的区别是，来料加工和进料加工退税计算的方式是不同的。来料加工是免税出口，进项税计入成本；而进料加工是免税出口，进项税可以退税。

我们将刚才说的那个案例稍做修改。

如果A原材料来料加工进口1 000元，国内耗用原材料500元，进项税65元，加工后成品，来料加工出口的FOB成品价格是2 000元，其中工缴费1 000元，征税率13%，退税率是13%。

由于来料加工的原材料属于客户，因此不计价，借记"外商来料"表外科目就可以，不考虑国外进口材料进入生产成本。

（1）购进国内原材料：

借：原材料　　　　　　　　　　　　　　　　　500
　　进项税　　　　　　　　　　　　　　　　　　65
　　贷：银行存款　　　　　　　　　　　　　　　565

（2）结转成本：

借：生产成本　　　　　　　　　　　　　　　　500
　　贷：原材料　　　　　　　　　　　　　　　　500

（3）借：库存商品　　　　　　　　　　　　　　500
　　　贷：生产成本　　　　　　　　　　　　　　500

（4）免税货物进项税不许抵扣，需要结转进入成本：

借：主营业务成本　　　　　　　　　　　　　　500
　　主营业务成本——免税货物进项税转出　　　　65
　　贷：库存商品　　　　　　　　　　　　　　　500
　　　　应交增值税——进项税转出　　　　　　　65

（5）出口后确认收入：

借：应收账款——国外客户　　　　　　　　　1 000
　　贷：主营业务收入——来料加工收入　　　　1 000

利润 = 1 000 - 500 - 65 = 435 元。

"来料加工确实简单，只要考虑进项税转出就行了。这么看来，同样的物耗，采用一般贸易方式的利润是400元，采用来料加工方式的利润是435元，采用进料加工方式的利润是500元。可不可以这么认为：进料加工比其他业务方式要赚钱？"青青在心里盘算一番后，立刻向崔京宇提出问题。

崔京宇摇摇头说："不能这么认为。通常计算利润时还要考虑几个变量，比如物耗率的大小、退税率的大小、国内国外原材料采购的多少等，绝对不能一概而论，要经过具体计算。"

他又给青青举一个案例，进一步讲解。

如果A原材料进料加工进口1 000元，国内耗用原材料500元，进项税65元，加工后成品，进料加工出口的FOB成品价格是2 000元，征税率

13%，退税率5%。

(1) 购进国外原材料：

借：原材料 1 000
　　贷：应付账款——国外客户 1 000

(2) 购进国内原材料：

借：原材料——国内材料 500
　　应交税金——应交增值税——进项税 65
　　贷：银行存款 565

(3) 结转成本：

借：生产成本 1 500
　　贷：原材料——国外 1 000
　　　　　　　　——国内 500

(4) 借：库存商品 1 500
　　贷：生产成本 1 500

(5) 借：主营业务成本 1 500
　　贷：库存商品 1 500

(6) 加工出口后：

借：应收账款——国外某客户 2 000
　　贷：主营业务收入——进料加工出口 2 000

(7) 单证信息齐全计算退税

①计算免抵退税不得免征和抵扣税额

免抵退税额不得免征和抵扣税额抵减额＝免税进口料件组成计税价格×(出口货物征税税率－出口货物退税率)＝1 000×(13%－5%)＝80元

免抵退税不得免征和抵扣税额＝当期出口货物离岸价×外汇人民币牌价×(出口货物征税税率－出口货物退税率)－免抵退税不得免征和抵扣税额抵减额＝2 000×(13%－5%)－80＝80元

②计算期末留抵税额

期末留抵税额

= −[销项税额 −（进项发生额 −进项税额转出）]

= −[0 −（65 −80）] = −15元（本月有应纳税额，没有留底税）

③计算免抵退税额

免抵退税额抵减额

= 免税进口料件组成计税价格 × 外汇人民币牌价 × 出口货物退税率 = 1 000 × 5% = 50元

免抵退税额 = 出口货物离岸价 × 外汇人民币牌价 × 出口货物退税率 − 免抵退税额抵减额 = 2 000 × 5% − 50 = 50元

④计算应退税额

期末留抵税额0

应退税额 = 留底税额 = 0

⑤计算免抵税额

免抵税额 = 免抵退税额 − 应退税额 = 50 − 0 = 50元

（8）借：主营业务成本——不抵扣税额　　　　　　　　80
　　　　贷：应交增值税——进项税转出　　　　　　　　　80

（9）借：应交增值税——免抵税额　　　　　　　　　　50
　　　　贷：应交增值税——出口退税　　　　　　　　　　50

利润为 2 000 − 1 000 − 500 − 80 = 420

在物耗率一致的情况下，退税率发生改变，进料加工的利润变成了420元，而来料加工不受退税率的影响，其利润还是435元。所以采用哪种出口方式，需要考虑所有的变量后再进行有效的选择。

通过崔京宇详尽地举例分析，青青感觉受益颇多。

崔京宁说："我刚才举的例子都非常简单，实际业务要复杂得多。有些退税系统上的操作我也不是很明白，所以我们还需要再加深具体实务操作方面的学习。"

青青点头说："我会的。通过你今天的讲解，我觉得我已入门了，就差一跃了。"

崔京宇笑道："好，我等你一跃！"

第二节　几个珍珠引发的骗税猜想

崔京宇交代着下一步的工作计划，青青仔细地听并且不时地记录着。正在这个时候，金社长带着客人路过崔京宇的办公室门口，看见崔京宇和魏青青也在，便朝里招招手说："崔部长，来趟我办公室，小魏不忙的话，也来吧。"

来到办公室，金社长说："崔部长，这是郑社长介绍的朋友李总。李总拿了个大订单给我们，出口欧洲6 000件女士衬衫，每件衣服出口价格为420元，价值两百多万的订单呢，以后可有你忙的了。你回头和贸易部Kath碰一下有没有需要配合的地方。"崔京宇点点头道，"好的，我们财务部全力配合。不过，这个衬衫是比较贵的，我们平常出口价格也就是100元左右。"

魏青青也疑惑地望着李总。接触服装厂大半年的时间，有关服装的报价青青也明白一些，这个价格的确贵得离谱，李总笑着对崔京宇和青青说："一般工厂都嫌客户出的价格低，你们还嫌客户的价格高了，还是年轻啊！这个衬衫的材料成本在这儿摆着呢。"

还未等李总说完，社长便让魏青青去贸易部找Kath先碰一下出口的合同，争取今天就签了。崔京宇也点头示意青青仔细考虑。来到贸易部和Kath对合同的一些要点进行了简单的交流，青青便问Kath，"听李总说，这个衬衫成本比较高，是面料贵吗？"Kath说："面料价格一般，主要是衬衫的装饰比较贵。"

"什么装饰品那么贵？"青青问。

"珍珠，客户要求在胸前必须镶嵌一排珍珠。这个成本比较贵，占了我们采购原材料成本的90%，并且还得在李总指定的珍珠供应商那里采购。虽然社长不太愿意，但是算了下退税，我们是赚钱的，所以就准备签订这个合同。只要咱俩没问题，他们一会就可以签了。"

"原来是这样。你核算毛利润的时候，用的是哪档退税率？"

"13%。2019年4月之后征税率下调为13%，衬衫的退税率不也随着降为13%吗？再怎么说我也是老业务员了，还会犯错吗？"

"你不能用13%的退税率，你要用6%的退税率。"

Kath疑惑地看着青青："你不是糊涂了吧，怎么能用6%呢？国家税务总局最近没降低衬衫的退税率啊？"

青青认真地说："是这样的，根据财税2014年第98号文件《财政部 国家税务总局关于以贵金属和宝石为主要原材料的货物出口退税政策的通知》，出口企业和其他单位出口的货物，如果其原材料成本80%以上为贵金属和宝石的，则应按照成本占比最高的原材料的增值税、消费税政策执行。也就是说，虽然衬衫的退税率是13%，但是珍珠的成本占比超过了80%，只能执行珍珠的退税率6%。所以你用6%算这笔订单的毛利润才是最准确的。"

Kath睁大眼睛、张大嘴说："什么意思？完全听不懂。"

青青仔细解释道："举个例子，我们生产一件衬衫，成本是100元。其中面料成本是80元，其他生产成本20元。那么，它的出口退税率是13%。"

"接下来，我们这件衬衫的成本增加到600元。其中面料成本是80元，其他生产成本还是20元，还有500元的成本，不是面料的，而是珍珠的。这样珍珠的成本就占整个成品成本的（500÷600）% ≈ 83.33%，超过了80%。那么，这个衬衫的出口退税率就是6%。"

Kath这才明白过来："我知道了。这就像我，如果身体80%都换成了机械装置，那我就不是人了，而是机械人了。"

青青捂着嘴笑，"你以为你是《复仇者联盟》的星云啊？不过你理解得差不多。"

Kath拿起计算器仔细地比对了一下："幸亏你提醒我还有这个政策。这样一算，咱们不仅一分钱不赚，还得倒贴。我得赶紧去找社长汇报，看看李总的价格能不能再提高些。" Kath说着便急急忙忙跑了出去。

一会儿工夫，Kath回到自己办公室。这时候青青还在梳理合同的一些要点，Kath回来说："社长让你过去一趟。"

青青低着头,一边整理资料,一边说:"等一下啊,这个合同涉及财务的内容我一会儿才能整理好,整理好就过去。"

"别整理了,李总都走了,你先去吧。"

"不是说好今天签合同吗?"

青青内心非常忐忑,是不是和自己刚刚跟 Kath 说的事情有关,自己说错话了吗?带着疑惑,青青走进了社长办公室。这时候金社长正背对着青青,拿着一个喷壶,浇着自己的兰花,看不到他的面部表情。崔京宇先开了口:"青青,你判断的这个业务风险很准确,我也感觉这个订单有问题。刚才 Kath 跟我说,你提起的政策,我就全对上了。"

青青问崔京宇,"考虑到退税,我们退不了那么多的话,李总的价格还能再高点吗?"

崔京宇刚想回答,金社长回过头道,"怎么可能?一看我们说退税率 6% 的事儿,他就站起来,说回头考虑下,先走了。我看这家伙就是……"

金社长说了几句韩语,青青听不懂,但是看到金社长撇嘴的表情,知道不是什么好话。

第三节 无电子信息备案

从第一次申报退税算起,已经半年了,时间来到了 2020 年 4 月,青青对于日常外贸企业申报退税的工作已经得心应手。

2019 年,所有出口业务相关的退税工作已经完成得差不多了,但是有一票报关单(见表 11-2)是 2019 年 12 月出口的,它所对应的供货企业的增值税专用发票(见表 11-3)迟迟没有对应的电子信息。青青打电话询问供货商,是不是没有抄税或者有其他的原因,但是对方回复没有特殊情况发生,一切正常。电子信息比对不通过的情况过去也偶尔发生,但是都不会拖延太久,而这次,时间已经很长了。小高告诉过青青,这种情况一般是国家税务总局在传输电子信息的时候,将数据包丢失了。

表 11-2　中华人民共和国海关出口货物报关单（出口退税专用）

录入编号：012011075　　　　　　　　　　　　　　　　海关编号：090121000120111022

出口口岸： 大连大窑湾　0908	备案号：		出口日期： 2019-12-07	申报日期： 2019-12-05
境内收发货人 大连 FH 国际贸易有限公司	运输方式： 江海运输	运输工具名称： DA-IN/9691E		提运单号： DAIN20387509
生产销售单位 大连 FH 国际贸易有限公司	贸易方式： 一般贸易　0110	征免性质： 一般征税　（101）		结汇方式： 电汇
许可证号	运抵国（地区）： 美国	指运港： 纽约		境内货源地： 大连其他（21029）
批准文号：	成交方式： FOB	运费：	保费：	杂费：
合同协议号 FH20190833	件数： 32	包装种类： 纸箱	毛重（千克）： 1 432	净重（千克）： 1 337
集装箱号： DIFU4990182	随附单据：			生产厂家：

标记唛码及备注：							
项号	商品编号	商品名称、规格型号	数量及单位	最终目的国（地区）	总价	币值	征免
1.	62041200 （502）	女士西服	200 件	美国	102 000	USD （美元）	征税

税费征收情况		
录入员：　录入单位：	兹声明以上申报无讹并承担法律责任：	海关审单批注及 放行日期（签章）
报关员 单位地址	申报单位（签章）	审单：　　审价： 征税　　　统计
邮编	电话　　　　填制日期	查验　　　放行

表 11－3　供货企业的增值税专用发票

增值税专用发票

2102020000＝＝＝＝＝＝＝＝＝＝＝＝＝＝＝＝＝＝＝＝＝＝＝＝＝№83550162

抵扣联　　开票日期：2019 年 12 月 17 日

购货单位	名称：大连 FH 国际贸易有限公司 纳税人识别号： 地址、电话： 开户行及账号：	密码区	
货物或应税劳务名称 女士西服	规格型号	单位 件	数量 200	单价 50	金额 10 000	税率 13%	税额 1 300
合计					10 000		1 300

价税合计（大写）	⊗壹万壹仟叁佰元整　　　（小写）¥11 300

销货单位	名称：大连秋天服装有限公司 纳税人识别号： 地址、电话： 开户行及账号：	备注	合同号：

面对这种情况，青青知道需要做无电子信息备案申请。

青青打开外贸企业退税申报系统，录入"202003"的所属期（如图 11－1），进行登录。

图 11－1

进入退税申报系统，找到"其他申报向导"里面的"出口无电子信息申报录入"（如图 11-2），点击进入。

图 11-2

数据录入的步骤比日常的申报退税要简单很多，但是这并不意味着，它的申报没有风险。青青为了学习出口退税的知识，加了不少出口退税交流群，一方面在日常遇到相关疑难问题时，可以在群里提问；另一方面，很多群友也会将工作中遇到的问题，向大家诉说，其他的会计看到了之后，也会引以为戒。

有一次在交流群里，有个会计说起了她遇到的问题，她在申报退税的时候，出现了疑点提示（如图 11-3）。

图 11-3

这个疑点出现的第一个原因是，申报的数据过期了。例如2018年出口的货物，超出2019年4月最晚申报退税的时间，在2019年5月或者以后的月份申报退税的时候，就会出现这个疑点提示。这个会计说，他做了电子信息备案，这个关联号码不应该受最晚申报时间限制。

第二个原因是，无电子信息备案虽然做了，但是做错了。这个会计说她把报关单上的一个编号"3"看成了"8"。因为无电子信息本身就没有电子信息校验录入数据的正确性，所以完全依靠会计的认真仔细，如果录入错了，你没有机会穿越回去修改，十多万的退税就这么烟消云散了。

"那这个会计的结局呢？一定被老板炒了鱿鱼吧？"Grace在听完青青的讲述后，急不可耐地追问。

"明天告诉你。"青青笑道。

"不行！你现在就得说，不说我咯吱你。"

青青一边挡一边说，"你别挠我，我跟你说。"

"你猜怎么着？那个会计就是老板娘。"

想起这段回忆，青青不由得在心里合计：我可不是老板娘，做错了，就得卷铺盖走人。

于是，青青将报关单上的数据和发票的数据仔细地录入模块里，如图11-4所示。

数据录入说明：

（1）所属期：填写"202003"。

（2）申报批次：该所属期第几次无信息申报，如第一次进行"202003"所属期的无相关电子信息申报，申报批次填写"01"，并以此类推。

（3）序号：本申报批次的第几条数据，如本申报批次的第一条数据，序号为"0001"，并以此类推。

（4）关联号：无相关电子信息申报关联号不能与已申报过的关联号重复，且必须与电子信息齐全之后进行退税申报的关联号一致，一条报关单项号明细对应一个关联号，比如报关单号"534520180666666666001"对应关联号"0000000001"、报关单号"534520180666666666002"对应关联号"0000000002"。

图 11-4

同一关联号下的进货、出口信息需全部填写。

（5）出口报关单号：关联号下进货增值税发票号对应的全部报关单号，报关单编号及 3 位数项号。

（6）代理出口证明号：代理出口货物填写该栏。

（7）委托出口证明号：不填。

（8）无电子信息：如果原因是报关单无电子信息备案，就选择"是"。如果原因是增值税发票无电子信息备案的，就选择"否"。

（9）进货凭证号：关联号下报关单号对应的供货增值税发票号，若对应了多个发票，则需要多条录入。

（10）出口（开具）日期：属于报关出口的，填写出口日期；属于非报关出口的，填写进货凭证开具日期。

青青录入完数据后，点击"其他申报向导"中的"生成信息申报数据"（如图 11-5）。

生成无相关电子信息申报电子数据包（后缀为"wuxx"，如图 11-6）。

生成电子数据后，青青登录出口退税综合服务平台，点击"申报退税"模块，选择"出口退（免）税申报"项目中的"电子信息业务申报"在"无电子信息备案数据自检"里选择上传电子数据包进行数据自检（如图 11-7）。

图 11-5

图 11-6

图 11-7

青青查看自检结果及自检情况,看到没有疑点,就直接在当前页面点击确认申报了。然后在"无电子信息备案反馈下载"的模块里,下载反馈信息读入退税系统,完成了无电子信息备案。尽管如此仔细,青青还是担心出现相关的问题,影响申报退税。

好在一个月之后,发票的电子信息终于到了。青青顺利完成了2019年出口业务的最后一张报关单的退税申报,心里的一块大石头终于落了地。

2019年终于过去了,这一年很令人怀念。"2020年我来了",青青的心里充满了期待。

第四节　退运来袭

吃过午饭,青青约 Grace 利用午休时间逛逛商场,自己的包包款式有点旧,早就准备换掉。她看上了一款粉红色斜挎包,就等着下手了。

她们俩刚准备进左侧电梯,右侧电梯门开了,出来了几个人。青青扫了一眼,发现是金社长,青青和 Grace 赶忙朝金社长打招呼,随着金社长一行人回到办公室,中午买包包计划就这样被打乱了。

金社长来到办公室后,直接进入会议室,Eric 随后也跟了进去。Grace 朝着青青小声音嘀咕道,"这回 Eric,可是吃不了兜着走了。"

"出什么事儿了?"

"你还不知道呢?年初的西班牙 ROX 订单,出口的 10 000 套运动服,有一部分袖口的螺纹出现了质量问题,西班牙客户正在研究退运。金社长大发雷霆,将车间主任大骂了一通。另外,这次事件应负最主要责任的是 Eric,作为业务经理,他没有提前发现供货企业原料的质量问题,造成重大损失。"

"那还真是凶多吉少。这几天,我看他愁眉苦脸的,原来是这个原因。"

两个人正在小声嘀咕着,会议室的门打开了一道缝,Eric 探出头来朝青青的方向说,"小魏来一下,有点事情找你。"

青青觉得头晕目眩,这绝对是"躺枪",心想:这和我有什么关系?

Grace 一脸惊恐地望着青青,目送着她进入会议室,颇有点"风萧萧兮易水寒"的感觉。

青青进入会议室,金社长点头示意她坐到靠右侧比较近的位置,望着 Eric 说,"你跟小魏说下情况吧。"

Eric 打起精神说,"我们今年 1 月出口西班牙的订单,大概有 10 000 套运动服,其中 5 000 套左右质量有问题,客户需要退运。现在有两种可能性:第一种是衣服退运回来,我们修理好,符合客户的要求后再出口出去,这是我们最好的选择;第二种是衣服退运回来,我们修理好后,客户不太满意,我们只能把这批货物进行内销。魏会计你从财务角度上看,我们这两种处理方式,对于企业的税务是否有所影响,应该选择哪种方式,将损失降到最低。"

青青听完 Eric 的叙述,知道是这个原因被叫进来,顿时放宽了心。她整理了下思路,回答道,"我们如果选择第一种方案,从财务角度来说也是最好处理的。货物退运回来,我们维修后,客户认可,再出口出去。那样的话,虽然形式上是退运,但是在报关方式的选择上叫作'进境修理货物'。

"详细点说呢,就是货物进境后,收货人持维修合同申报进口需要的所有单证,办理货物进口申报手续,并提供进口税款担保,也就是需要缴纳货值一部分的保证金。

"货物进口后,维修期限为进口之日起 6 个月。如果在 6 个月内我们工厂还没有维修好,则可以申请延长期限,延长的期限最长不超过 6 个月。货物在境内维修期间也受海关监管,企业不能将货物内销。

"修理好货物后,出境申报时应当提供原修理货物进口申报时的报关单。

"修理货物复出境后应当申请销案,正常销案的,海关退还保证金。如果最后客户觉得维修的不合格,没有出口,我们就应当办理进口申报纳税手续,补缴相关进口税费,从保证金中扣除相关费用后,余额返还给企业。

"这样,即使正常进出口,本业务也不会产生多余税费。财务通过往来记账保证金处理即可。"

Eric 仔细听着,点点头说:"这也是我们最想选择的方案,但是不知道客户什么意思。所以我们要想好维修后,达不到客户的要求怎么办。还有没有其他更好的选择呢?"

青青回答:"这就是我要说的第二个选择了——退运。退运的时候需要提供'退运证明'申报给海关进行处理,'退运证明'在退税系统里的单证向导里开具。如果这批货物没有申报退税,我们需要开具'退运未退税证明申请'。我们这批货物是1月出口的,应该已经申报完退税了,那么我们需要开具'退运已补税证明',将我们收到的退税款退还给税务局。"

这时候,金社长问道:"退运有没有期限?我的意思是,是出口多长时间都能办理退运吗?另外办理退运的手续复杂吗?退税款我们退还给税务局之后,以后如果再出口,是否还可以申报退税?"金社长一口气问了3个问题。

青青咳嗽了几声,Eric这时走到饮水机那边,倒了一杯温水,递给青青,青青内心有了一丝暖意,喝了几口水之后,继续说:"根据海关的相关政策,只有在出口一年以内且因为质量问题、规格错误等原因造成的退运,才能免征进口关税、进口增值税,超过一年的或者非质量问题、规格错误等原因造成的退运,要按照一般贸易进口,征收进口关税、进口增值税。如果我们出口和内销进口增值税可以抵扣或者参与退税,但是进口关税不抵扣、不退税就只能增加我们的成本,这样税负增加,利润就降低了。

"至于报关退运的手续,除了'退运证明'之外,可能还需要提供第三方的质量检验报告与客户的退运协议等。具体情况还需要再确认下。

"产品维修好后出口,进项税发票还是可以继续申报退税的。另外,如果客户不要这批货物了,我们自己内销,相关进项税发票,我们需要在退税系统里开具'转内销证明申请',进行申报,然后进项税也是可以抵扣的。"

青青说完望向沉默不语的金社长和Eric,他们俩都低着头看着桌上的某一处角落,陷入了沉思。一会儿的工夫,金社长抬起头说,"魏会计,谢谢你。有些问题我们需要再确认下,现在没法下决定,你可以出去了,等我们考虑好后,再和你商量。"

"好的,金社长,那我先出去了。"青青朝金社长和Eric点点头后,退了出去。还有20多分钟就下午1点了,也逛不了商场了,青青和Grace就在办公室里休息了。

下午2点半左右,金社长一行人从会议室里出来。金社长和办公室的同事们说了声再见，离开了办公室。Eric 坐在角落里，写着什么资料，不时地长吁短叹。

过了几天，事情总算有结果了。ROX 客户决定退运，运费及其他费用由我方承担，维修后看情况再决定是否接受货物。于是，青青和 Eric 决定采取正常退运的方式进行操作。

第二天，青青去了趟税务局。她在柜台填写补税申请单，将以前退税的52 000 元税款的一半，即 26 000 元补缴，然后打印补缴税款缴款书，缴款书号码为"4783021"。

下午回到办公室，青青打开外贸企业出口退税申报系统，进入"单证申报向导"点击"退运已补税（未退税）证明申请"（如图 11-8），拿出对应的报关单（见表 11-4）和发票（见表 11-5），将相关的数据进行录入（如图 11-9）。录入完毕后，青青在左上角的设置标志处对标志进行设置（如图 11-10），然后根据向导步骤打印数据，生成数据并上传到出口退税综合服务平台，完成申报步骤，等待税务局正审。

图 11-8

表 11-4 中华人民共和国海关出口货物报关单

录入编号：000000002　　　　　　　　　　　　　　　　　海关编号：090820200084116560

出口口岸： 大连大窑湾　0908		备案号：		出口日期： 2019-01-27	申报日期： 2019-01-25
境内收发货人 大连 FH 国际贸易有限公司		运输方式： 江海运输	运输工具名称： APL SOKHNA/019W	提运单号： SNLHK630100040	
生产销售单位 大连 FH 国际贸易有限公司		贸易方式： 一般贸易　0110		征免性质： 一般征税　（101）	结汇方式： 电汇
许可证号	运抵国（地区）： 美国		指运港： 纽约		境内货源地： 大连其他
批准文号	成交方式： FOB	运费： 0		保费： 0	杂费：
合同协议号： FH2012005	件数： 32	包装种类： 纸箱		毛重（千克）： 1 432	净重（千克）： 1 337
集装箱号： DIGFU0839	随附单据：				
标记唛码及备注：					
项号　商品编号　商品名称、规格型号　数量及单位　最终目的国（地区）单价　总价　币值　征免					
1.　61121100　　　运动套装　　　10 000 套　　　　美国　　　　　990 000　USD					
税费征收情况					
录入员：　录入单位：	兹声明以上申报无讹并承担法律责任：			海关审单批注及 放行日期（签章）	
报关员 单位地址	申报单位（签章）			审单：　　审价： 征税　　　统计	
	邮编电话填制日期			查验放行	

（出口发票号 9875）

表 11-5　增值税专用发票

2102020000 ＝＝＝＝＝＝＝＝＝＝＝＝＝＝＝＝＝＝＝＝＝＝＝＝＝＝＝＝＝ №83550789

抵扣联　　开票日期：2020 年 1 月 30 日

购货单位	名称：大连 FH 国际贸易有限公司 纳税人识别号：210202002002002 地址、电话： 开户行及账号：	密码区				
货物或应税劳务名称	规格型号	单位	数量	单价	金额	税率	税额
运动套装		套	10 000	40	400 000	13%	52 000
合计					400 000		52 000
价税合计（大写）	⊗肆拾伍万贰仟元整			（小写）￥452 000		
销货单位	名称：大连布罗森服装有限公司 纳税人识别号：210202003003003 地址、电话： 开户行及账号：	备注	合同号：			

所属期：202006	序号：0001
编号：2020060001	关别代码：0908
海关名称：连大宝湾	出口日期：2020-01-27
原报关单号：09082020008411656 0001	代理证明号：
核销单号：	出口发票号：9875
退货凭证号：2102020000835 50162	商品代码：61121100
商品名称：锦制针织或钩编运动服	下载商品名称：
单位：套	出口数量：10000.0000
原计税金额：400000.00	原退税率：13.000
申报退税年月：202003	原退增值税额：52000.00
原退消费税额：	退运数量：5000.0000
退运美元离岸价：45000.00	退货计税金额：200000.00
已补增值税额：26000.00	已补消费税额：
缴款书号码：4783021	入库日期：
业务类型：退运	备注：
申报标志：	审核标志：
标志：	申报保留标识：

图 11-9

正审通过后，也是通过退税服务平台，打印"退运已补税证明"，转交给报关行。报关行再将 Eric 提供的第三方质量检验报告、协议以及其他的一些

图 11-10

资料提交给海关办理正式的退运手续。

一个星期左右，货物到港后，便正式按照退运方式报关进口了。

报关的业务虽然完成了，但是青青的会计业务并没有结束。此前的记账，需要进行相应的红字调整，另外增值税的申报也需要调整。

所以，月底的时候，青青将相关的数据进行了记录，1 月出口时候所采用的汇率是 6.80。

冲减收入：

借：应收账款（红字）——ROX   306 000CNY   (45 000USD)
     贷：主营业务收入——一般贸易收入（红字）
                            306 000CNY   (45 000USD)

冲减成本：

借：主营业务成本（红字）   200 000CNY
     贷：库存商品（红字）   200 000CNY

对已办理申报退税的出口货物，补交税款，做如下会计分录：

借：其他应收款——国税退税款   26 000CNY

贷：银行存款——人民币	26 000CNY

借：其他应收款——国税退税款（红字）	26 000CNY
贷：应交税费——应交增值税——出口退税（红字）	26 000CNY

本月的会计处理调整完毕后，青青还需要在下个月初的增值税申报期，将以前的出口免税销售额，进行负数冲减回来。怕自己忘记，青青特意将这笔业务记录在桌面的记录本上。青青对待工作越来越细致了。

虽然青青第一次操作退运，但是整个流程还算顺利，对自己的业务也算是比较满意。工厂车间修好了运动装，然后顺利出口。

通过 Eric 的描述，修理好后的服装还是没有达到客户的要求，并且交期也拖后很多，所以客户决定放弃采购这批货物。

于是，这批货物由工厂内销处理。整整半年的时间，公司所有人都被发动了起来，大家向自己的朋友和家人进行推销，你卖 4 套，我卖 5 套，好在价格比较便宜，质量除了袖口颜色稍有不一致外，整体还是很不错的。最后，终于将整批货物推销了出去，挽回了一部分损失。

青青想，你看人生就是这样，不管你多么努力，有时候结果还是不尽如人意。

虽然这笔订单的结局不算圆满，但是青青在这几次处理进出口业务的过程中，所展现的巨大进步和认真的态度，还是得到了金社长的认可。所以，青青同时接手了外贸公司的管理和会计工作。另外公司也发生了其他变化：Grace 和新来的小黎负责基础的申报工作，协助青青。金社长和崔京宇对青青十分信任，让青青作为外贸公司的经理常驻市内，管理外贸公司的全部事宜，有事情可以直接向金社长汇报，不用再经过崔京宇了。除了职位上的安排，青青的工资也相应地增加了。最让青青高兴的是，通过自己的努力，她终于得到别人的认可，证明这些付出是值得的。所以没有不进步的人生，只有不进取的人。

青青非常感谢公司对她的信任，全心全意地投入外贸公司的日常管理工作中。

第十二章　青青和 Eric 合力阻击骗取退税的订单

所谓"四自三不见"业务，是指出口企业违反外贸经营的正常程序，在"客商"或"中间人"自带客户、自带货源、自带汇票、自行报关和出口企业不见出口货物、不见供货货主、不见外商的情况下进行所谓的"出口交易"的业务。这类业务属于违规业务，发生骗取退税款行为的可能性极大。

第一节　Eric 的老同学

一天，青青在外面办事时接到了 Grace 的电话，她说 Eric 要找青青审核一份合同，让青青第二天回办公室和他碰一下面。

第二天青青回到办公室时，看见办公室还坐了一个人。Eric 见青青回来，便领着这个人上前打招呼："上午好，魏经理。这是我的大学同学潘宇。"接着他又转而向潘宇说，"这就是魏经理。"看样子，Eric 已经在私下向潘宇介绍过青青了。

"你好，魏经理，早就听说你了，真是年轻有为啊！"潘宇主动向青青打招呼。

经 Eric 简单介绍，青青了解到潘宇和 Eric 在大学时是同班同学，毕业后各奔东西。寒暄几句，便进入了正题。潘宇说他毕业后，子承父业做棉服生意。潘宇的父亲在鞍山有自己的工厂，现在工厂的出货量比较大。工厂接了不少外国客户的订单，有的订单量太大，就放到其他的工厂加工了，他们合作的工厂有4个。潘宇想在大连找一家外贸公司组织货源，统一管理，这样方便企业出口。正好潘宇知道 Eric 所在的公司新开了个外贸公司，便想和 Eric 合作，他希望代理费能少收点，给个朋友价。

青青和 Eric 之前有过摩擦，虽然经过了一段时间，他们之间的关系有所缓和，但是两人之间的关系还是有些疏远的同事关系。青青作为新晋经理，也不想和 Eric 再产生什么隔阂，而且考虑到业务部提高业绩不太容易，青青也希望不要因为自己与 Eric 曾有过的不快而导致合作失败。再加上 Eric 和潘宇的这层关系，青青不想过于干涉代理费的多少，便点头笑着说："都是朋友，代理费好说，只要保证我们公司这边不会难做就行。"

Eric 看青青对他的业务持支持态度，非常高兴，得意地对潘宇说："代理费就按照出口金额的 1.5% 收取吧，你知道正常情况下，别的公司都收取 3% 呢。"

潘宇听 Eric 说完，满脸堆笑应声道，"那就这么定了。下午我就让我们公司的业务员和 Eric 把合同签了。"

下午，潘宇工厂的业务员李小姐来到 FH 贸易公司和 Eric 商讨合同细节，青青在旁边做记录。李小姐把订单的情况做了一个简单的描述：产品出口的国家是韩国，进货的公司包括鞍山易盛服装公司，也就是潘宇的公司，除此之外，还有4家分别在河北和山东的公司。韩国客户可以在签订合同时预付30%的定金，定金先进入 FH 贸易公司的账户，余款将在出口后20天内付清，退税由 FH 贸易公司负责办理。

听到这里，青青插话道："你们看看能不能让其他几家供货商也和我们签订合同？"

李小姐用十分肯定的语气回答："没有问题，我们的关系都是很不错的。"

青青又从业务角度问了一句："辽宁省也有很多企业做棉服加工，为什么你们不在省内寻找工厂呢？这样成本不是会降低很多吗？"

李小姐说："我们要求的工艺稍微有点复杂，具备这种能力的工厂比较少。对了，魏经理，国外客户的预付款会提前打来，你尽快把银行的汇款路径给我，我好告知客户。"

"好，我们在韩国外换银行开的户，应该很快就能收到汇款。"

和李小姐敲定相关的价格后，双方达成了初步的意向，由 Eric 组全权负责订单的监督及出口后续方面的操作。

第二节 看不到的"货物"

一个月过去了，青青见 Eric 很长时间也没有去潘宇工厂了解订单的情况，便问 Eric："上次鞍山易盛的棉服订单加工好了吧？第一笔的出口订单，你不去看看吗？"

"那个订单由他们全权负责，我们收取代理费就行了。我昨天还打了个电话，李小姐跟我说应该这两天就能出货，不用我过去了。那里离咱们公司挺远的，再说人家都把预付款打过来了，咱们不用管他的质量问题，只管收钱就行了。"Eric 回答道。

青青一听，马上提高警惕："你必须去一趟，现在税务局对'四自三不见'的业务很关注。一旦税务局查出我们有这样的业务，我们便有了骗取国家退税的嫌疑。最后，我们不但要视同内销征税，还要追究相关人员的刑事责任。"

Eric 勉强地挤出点笑容说："应该不会有问题吧？他是我大学同学。你说得太严重了吧？税务局怎么知道咱们没看到货物，咱们说看到了不就行了？"

青青看到 Eric 那副没有底气，又硬要逞强的样子，断定他还是不清楚问题的严重性，无奈地说："税务局来检查的时候，会要求你提供相关人员的差旅费用，你能不能提供去鞍山的交通费和差旅费的发票，不是一目了然的吗？"

Eric 这才意识到自己想得太简单，便忙说："有发票就行了吧？那我马上过去一趟。"

"如果你能拿到几个样品回来，我们心里就更有底了。"

"好，我拿几件棉服。冬天了，咱们办公室人员都分一件。"

Grace 听到后高兴地说:"好啊,帮我带一件 M 号的。"

青青无奈地看了 Grace 一眼:"办正经事要紧。Eric,一定要看看货物的质量。"

第二天一大早,Eric 买了火车票直奔鞍山,青青则在办公室等着他的消息。

周末晚上,青青一边吃饭一边看电视时接到了 Eric 的电话。Eric 急促地说:"我今天见到潘宇了,他说工厂这几天一直在维修设备,暂时没有人,所以我暂时见不到货物。听他的意思,货物已经做好放在仓库里了,因为仓库离鞍山市区比较远,所以他让我先回大连,再把样品快递给我。我说我既然来了总得看看货物吧,他就很不高兴,说钱都给咱们了,还说我不信任他,非让我先回去。我觉得说不通,快递不是更麻烦吗?看他这样,我现在心里也没底了。我想我还是过几天再回去吧,今天先打个电话告诉你一声。"

青青想了想说:"你还是先回来吧。一是人家不想给你看货,你待在那里也没有用;二是毕竟人生地不熟的,你一个人待在那里也不安全;三是我们的相关单据暂时还没有给他们吧?所以你也不用着急,先回来吧。"

Eric 一听更着急了:"前几天李小姐将相关的单据要走了,说要马上准备好。我已经把相关单据都给她了,需要我现在问她要回来吗?"

青青又考虑了一下说:"暂时不需要。毕竟现在还没有发生什么不正常的业务,你只是没看到货物而已。万一是正常的业务怎么办?你先回来,我们再从长计议。"

两天之后,Eric 回到了办公室。一回来他就急急忙忙地找到青青说:"青青,你看情况已经是这样了,我们应该怎么办呢?我现在心里也没有底,一旦出现问题就是我的责任了。如果这次订单又没有处理好,公司肯定会怀疑我的工作能力……"

看到 Eric 的样子,青青安慰他说:"谁也不希望出现这样的情况。你的出发点是好的,就是对退税业务还不太了解。再说咱们现在只是怀疑这批货有问题,毕竟还不是事实。"

"那我们现在该怎么办呢?单据也给他们了,应该以一个什么样的理由去要呢?"

青青想了一下说:"易盛工厂的货物要运到大连。货车到大窑湾港送货的时候,咱们可以以帮助安排场地的名义,在他们卸箱子时开一个箱子看看,你说呢?"

"这是个好办法,就这么定了。货车来大连的时候,咱们去看一下。"Eric 肯定地说。

"不过怎么才能知道货车什么时候到大连呢?"青青对业务的具体操作过程不太熟悉。

Eric 长期做业务,对业务过程很熟悉:"货代公司肯定知道,我上次问过李小姐订的是哪家货代公司,她说是大连恒源物流。我认识恒源物流的一个销售经理,我一会儿打电话给他,以货主的名义要个配舱委托,再问问司机的电话和车牌号。"

"这倒可以,你先打听下吧。"

下午 Eric 回来说:"基本上都打听到了,他们这周五,也就是后天早上送货到大窑湾场地。我早上去场地等他们,车一进港我就上车去看货物。"

青青皱眉说:"对方肯定不会让你看货的,得想个别的办法。要不咱俩一起去吧,到时候见机行事。后天早上你 5 点钟来接我,一个小时应该能到场地。那时候还没开门,咱们等着他。"

第三节 青青和 Eric 同舟共济

第二天,天还没有亮,青青和 Eric 就直奔大窑湾场地了。Eric 一边开车一边跟青青聊天。

青青和 Eric 一路聊着天,来到了开发区大窑湾场地的大门口。到场地的时候,天还没完全亮,Eric 下去看了一眼,没有看到他们要找的那辆货车。Eric 回来跟青青说:"估计这辆车还没有到,你先在车里休息下,我在外面盯着,车来了我告诉你。"

因为很早就出来了,所以青青确实也困了。青青点点头,就迷迷糊糊睡着了。

等青青再次睁开眼的时候，Eric 已经发动了车子。他紧跟着一辆白色的福田中型货车进入了场地。司机到达目的仓库后开始卸载货物，Eric 跟青青说："等他卸完，我就过去。"

青青打起精神说："我和你一起去。"

司机联系完相关的场地人员后，卸完了货物。他四处看了看，又等了一会儿，便开车离开了。青青和 Eric 两人走到卸货的地方，准备开箱查看，这时候场地的工作人员来到他俩跟前问："你们俩是干什么的？"

Eric 忙说："我们是大连 FH 贸易公司的，有个箱子的货可能发错了，我们要看下。"

工作人员问："有保函吗？"

Eric 转头向青青使眼色，问青青："你把保函带过来了吗？"

"我忘记了，不过介绍信我带来了。"青青把介绍信拿给这个工作人员看了一下。

工作人员看也没看就说："不行，我们要货代公司开一个保函，证明是你们打开的箱子，不然这货物损坏了谁来负责？"

后来，经过 Eric 的一番沟通，这个工作人员终于同意了他们查看货物的要求。

Eric 迅速打开一个箱子，从一个包装袋里拿出一件衣服，悄悄对青青说这次报关出口的是女式西服套装，但是这个衣服都是旧的，一看就是在仓库放了好长时间了，还有一股霉味。

青青低声说："你赶快拍下照片，再打开别的箱子看看。"

Eric 又打开了几个箱子，里边的衣服款式各不一样，但都是旧衣服。青青和 Eric 照好照片后装好箱子，他们感谢工作人员，就走到场地没人的地方，将照片发送给了潘宇和李小姐。

一会儿的工夫，潘宇就打来了电话。Eric 也不想说太多，直接对他说："潘宇，你把货物都撤了，我就当不知道。否则，别怪我不客气。"

又过了会儿，刚才的货车司机又回来了，重新把货物装上了车，临走时他狠狠地瞪了青青和Eric一眼。

青青和Eric回到公司后，Eric联系了李小姐并把单据都拿了回来，青青和Eric总算松了一口气。不过松口气也是暂时的，青青和Eric在车上为怎么向崔京宇说明此事思索起来。潘宇公司的业务对公司来说非常重要，崔京宇曾说过金社长非常关注这笔业务，崔京宇原本也以为潘宇公司的业务有望让公司的领导们看到一张非常好看的报表。

青青觉得应该马上向崔京宇当面汇报此事。如果业务做不成，那么崔京宇早晚都会知道，那时被崔京宇喊去问话，处境就太被动了。

Eric也同意青青的做法，不过他还心有顾虑："崔京宇会不会质问我们为什么没有早点发现这个骗局？"

青青明白Eric担心崔京宇会因此质疑自己的工作能力，看着Eric紧锁的眉头，安慰他说："我们只要把事情说清楚就没事了。毕竟这件事情能及早发现，就已经让公司避免陷入更大的风险了。"

青青笑着说："财务方面的事情我比较了解，回公司后我向崔总解释。现在我们得先给崔总打个电话。"说罢，青青打电话给崔京宇说要向他汇报关于潘宇的业务，她和Eric现在正在从场地赶回公司。

到了公司，崔京宇一见到他们，连忙追问事情的详情："潘宇的公司出口业务突然不做了，是出什么问题了吗？社长对外贸公司这笔订单寄予了很大希望，希望你们能说清楚。"

青青镇定地将事情的经过向崔京宇解释清楚，从Eric问潘宇公司要求看成品而对方迟迟不让查看说起，到Eric为此连夜奔走潘宇工厂求证，以及Eric载着青青一大早去大窑湾场地查看成品。对期间Eric尽职尽责，通过各种办法看到货物，发现出口的实际货物和报关货物不符等都做了详尽的描述。同时，青青将对方以劣充好，在税务上会出现退税风险、造成利润损失的利害关系分析了一通。

当崔京宇听到青青说相关人员有可能还要负刑事责任时，怀疑的神情逐渐变为凝重："你们能提前发现、及时处理，避免公司的经营风险，工作能力值得肯定！"

不仅没受到批评，还得到了崔京宇的肯定，Eric 在心中的阴影消散的同时，对青青也充满了感激。

事隔不久，Eric 和崔京宇听说同行业有人因为接了潘宇的业务被税务局调查，最终被追究刑事责任的事。崔京宇对青青和 Eric 更加欣赏了，多次在会议中提到此事，号召公司全体员工向青青和 Eric 学习。

Eric 对于这次事件心有余悸，除了约青青出来吃饭外，也请求青青给他多多讲解一些财务的基本知识。青青和 Eric 的关系也由同事变成朋友，在两个人的共同努力下，公司的业务有了稳定的发展。

青青对出口企业退税业务的操作也越来越熟悉，但她并没有止步不前。她认为自己对国际贸易中的贸易方式以及国际收支的结算等方面的知识掌握得不够熟练，但是她充满了信心，想利用与业务部的合作加强对这方面知识的了解和掌握。

随着出口环境的不断发展，青青相信通过努力工作会证明自己的价值，企业也会获得更大的利润，FH 贸易公司正在以良好的态势向前发展。

心怀希望的，不仅仅有青青，还有 Eric、Grace 等很多伙伴。阳光照进市内的办公室，也闪耀在每个员工的眼睛里。

小贴士

"四自三不见业务：即委托方，自带客户、自带货源、自带汇票、自行报关；受托方，不见进口产品、不见供货货主、不见外商的一种出口行为。"这种出口业务由于受托方对于整个出口流程掌控力不足，因此极易发生骗取国家退税的行为，最后给受托企业造成利润损失。它的主要表现为：

（1）将空白的出口货物报关单、出口收汇核销单等退（免）税凭证交由除签有委托合同的货代公司、报关行，或由境外进口方指定的货代公司（提供合同约定或者其他相关证明）以外的其他单位或个人使用的。

（2）以自营名义出口，其出口业务实质上是由本企业及其投资的企业以外的单位或个人借该出口企业名义操作完成的。

（3）以自营名义出口，其出口的同一批货物既签订购货合同，又签订代理出口合同（或协议）的。

（4）出口货物在海关验放后，自己或委托货代承运人对该笔货物的海运提单或其他运输单据等上的品名、规格等进行修改，造成出口货物报关单与海运提单或其他运输单据有关内容不符的。

（5）以自营名义出口，但不承担出口货物的质量、收款或退税风险之一的，即出口货物发生质量问题不承担购买方的索赔责任（合同中有约定质量责任承担者除外）；不承担未按期收款导致不能核销的责任（合同中有约定收款责任承担者除外）；不承担因申报出口退（免）税的资料、单证等出现问题造成不退税责任的。

（6）未实质参与出口经营活动、接受并从事由中间人介绍的其他出口业务，但仍以自营名义出口的。

书目介绍

乐贸系列

书名	作者	定价	书号	出版时间

📖 国家出版基金项目

书名	作者	定价	书号	出版时间
1. "一带一路"国家投资并购指南	冯斌 李洪亮 Gvantsa Dzneladze（格）Tamar Menteshashvili（格）	98.00元	978-7-5175-0422-1	2020年3月第1版
2. "质"造全球：消费品出口质量管控指南	SGS通标标准技术服务有限公司	80.00元	978-7-5175-0289-0	2018年9月第1版

📖 跟着老外学外贸系列

书名	作者	定价	书号	出版时间
1. 优势成交：老外这样做销售（第二版）	Abdelhak Benkerroum（阿道）	58.00元	978-7-5175-0370-5	2019年10月第2版

📖 外贸SOHO系列

书名	作者	定价	书号	出版时间
1. 外贸SOHO，你会做吗？	黄见华	30.00元	978-7-5175-0141-1	2016年7月第1版

📖 跨境电商系列

书名	作者	定价	书号	出版时间
1. 跨境电商全产业链时代：政策红利下迎机遇期	曹磊 张周平	55.00元	978-7-5175-0349-1	2019年5月第1版
2. 外贸社交媒体营销新思维：向无效社交说No	May（石少华）	55.00元	978-7-5175-0270-8	2018年6月第1版
3. 跨境电商多平台运营，你会做吗？	董振国 贾卓	48.00元	978-7-5175-0255-5	2018年1月第1版
4. 跨境电商3.0时代——把握外贸转型时代风口	朱秋城（Mr. Harris）	55.00元	978-7-5175-0140-4	2016年9月第1版
5. 118问玩转速卖通——跨境电商海外淘金全攻略	红鱼	38.00元	978-7-5175-0095-7	2016年1月第1版

📖 外贸职场高手系列

书名	作者	定价	书号	出版时间
1. 外贸会计上班记（第二版）	谭天	55.00元	978-7-5175-0439-9	2020年7月第2版
2. 开发：在外贸客户发掘中出奇制胜	蔡译民（Chris）	55.00元	978-7-5175-0425-2	2020年6月第1版
3. MR. HUA创业手记（纪念版）——从0到1的"老华"创业思维	华超	69.00元	978-7-5175-0430-6	2020年6月第1版
4. 新人走进外贸圈 职业角色怎么选	黄涛	45.00元	978-7-5175-0387-3	2020年1月第1版
5. Ben教你做采购：金牌外贸业务员也要学	朱子赋（Ben）	58.00元	978-7-5175-0386-6	2020年1月第1版
6. 思维对了，订单就来：颠覆外贸底层逻辑	老A	58.00元	978-7-5175-0381-1	2020年1月第1版
7. 从零开始学外贸	外贸人维尼	58.00元	978-7-5175-0382-8	2019年10月第1版
8. 小资本做大品牌：外贸企业品牌运营	黄仁华著	58.00元	978-7-5175-0372-9	2019年10月第1版

书名	作者	定价	书号	出版时间
9. 金牌外贸企业给新员工的内训课	Lily 主编	55.00 元	978-7-5175-0337-8	2019 年 3 月第 1 版
10. 逆境生存：JAC 写给外贸企业的转型战略	JAC	55.00 元	978-7-5175-0315-6	2018 年 11 月第 1 版
11. 外贸大牛的营与销	丹 牛	48.00 元	978-7-5175-0304-0	2018 年 10 月第 1 版
12. 向外土司学外贸 1：业务可以这样做	外土司	55.00 元	978-7-5175-0248-7	2018 年 2 月第 1 版
13. 向外土司学外贸 2：营销可以这样做	外土司	55.00 元	978-7-5175-0247-0	2018 年 2 月第 1 版
14. 阴阳鱼给外贸新人的必修课	阴阳鱼	45.00 元	978-7-5175-0230-2	2017 年 11 月第 1 版
15. JAC 写给外贸公司老板的企管书	JAC	45.00 元	978-7-5175-0225-8	2017 年 10 月第 1 版
16. 外贸大牛的术与道	丹 牛	38.00 元	978-7-5175-0163-3	2016 年 10 月第 1 版
17. JAC 外贸谈判手记——JAC 和他的外贸故事	JAC	45.00 元	978-7-5175-0136-7	2016 年 8 月第 1 版
18. Mr. Hua 创业手记——从 0 到 1 的"华式"创业思维	华 超	45.00 元	978-7-5175-0089-6	2015 年 10 月第 1 版
19. JAC 外贸工具书——JAC 和他的外贸故事	JAC	45.00 元	978-7-5175-0053-7	2015 年 7 月第 1 版
20. 外贸菜鸟成长记(0~3 岁)	何嘉美	35.00 元	978-7-5175-0070-4	2015 年 6 月第 1 版

外贸操作实务子系列

书名	作者	定价	书号	出版时间
1. 外贸高手客户成交技巧 3：差异生存法则	毅 冰	69.00 元	978-7-5175-0378-1	2019 年 9 月第 1 版
2. 外贸高手客户成交技巧 2——揭秘买手思维	毅 冰	55.00 元	978-7-5175-0232-6	2018 年 1 月第 1 版
3. 外贸业务经理人手册(第三版)	陈文培	48.00 元	978-7-5175-0200-5	2017 年 6 月第 3 版
4. 外贸全流程攻略——进出口经理跟单手记(第二版)	温伟雄（马克老温）	38.00 元	978-7-5175-0197-8	2017 年 4 月第 2 版
5. 金牌外贸业务员找客户(第三版)——跨境电商时代开发客户的 9 种方法	张劲松	40.00 元	978-7-5175-0098-8	2016 年 1 月第 3 版
6. 实用外贸技巧助你轻松拿订单(第二版)	王陶（波锅涅）	30.00 元	978-7-5175-0072-8	2015 年 7 月第 2 版
7. 出口营销实战(第三版)	黄泰山	45.00 元	978-7-80165-932-3	2013 年 1 月第 3 版
8. 外贸实务疑难解惑 220 例	张浩清	38.00 元	978-7-80165-853-1	2012 年 1 月第 1 版
9. 外贸高手客户成交技巧	毅 冰	35.00 元	978-7-80165-841-8	2012 年 1 月第 1 版
10. 报检七日通	徐荣才 朱瑾瑜	22.00 元	978-7-80165-715-2	2010 年 8 月第 1 版
11. 外贸实用工具手册	本书编委会	32.00 元	978-7-80165-558-5	2009 年 1 月第 1 版
12. 快乐外贸七讲	朱芷萱	22.00 元	978-7-80165-373-4	2009 年 1 月第 1 版
13. 外贸七日通(最新修订版)	黄海涛（深海鱿鱼）	22.00 元	978-7-80165-397-0	2008 年 8 月第 3 版

出口风险管理子系列

书名	作者	定价	书号	出版时间
1. 轻松应对出口法律风险	韩宝庆	39.80 元	978-7-80165-822-7	2011 年 9 月第 1 版

书名	作者	定价	书号	出版时间
2. 出口风险管理实务(第二版)	冯斌	48.00 元	978-7-80165-725-1	2010 年 4 月第 2 版
3. 50 种出口风险防范	王新华 陈丹凤	35.00 元	978-7-80165-647-6	2009 年 8 月第 1 版

📖 外贸单证操作子系列

书名	作者	定价	书号	出版时间
1. 跟单信用证一本通(第二版)	何源	48.00 元	978-7-5175-0249-4	2018 年 9 月第 2 版
2. 外贸单证经理的成长日记(第二版)	曹顺祥	40.00 元	978-7-5175-0130-5	2016 年 6 月第 2 版
3. 信用证审单有问有答 280 例	李一平 徐珺	37.00 元	978-7-80165-761-9	2010 年 8 月第 1 版
4. 外贸单证解惑 280 例	龚玉和 齐朝阳	38.00 元	978-7-80165-638-4	2009 年 7 月第 1 版
5. 信用证 6 小时教程	黄海涛(深海鱿鱼)	25.00 元	978-7-80165-624-7	2009 年 4 月第 2 版
6. 跟单高手教你做跟单	汪德	32.00 元	978-7-80165-623-0	2009 年 4 月第 1 版

📖 福步外贸高手子系列

书名	作者	定价	书号	出版时间
1. 外贸技巧与邮件实战(第二版)	刘云	38.00 元	978-7-5175-0221-0	2017 年 8 月第 2 版
2. 外贸电邮营销实战——小小开发信 订单滚滚来(第二版)	薄如骢	45.00 元	978-7-5175-0126-8	2016 年 5 月第 2 版
3. 巧用外贸邮件拿订单	刘裕	45.00 元	978-7-80165-966-8	2013 年 8 月第 1 版

📖 国际物流操作子系列

书名	作者	定价	书号	出版时间
1. 货代高手教你做货代——优秀货代笔记(第二版)	何银星	33.00 元	978-7-5175-0003-2	2014 年 2 月第 2 版
2. 国际物流操作风险防范——技巧·案例分析	孙家庆	32.00 元	978-7-80165-577-6	2009 年 4 月第 1 版

📖 通关实务子系列

书名	作者	定价	书号	出版时间
1. 外贸企业轻松应对海关估价	熊斌 赖芸 王卫宁	35.00 元	978-7-80165-895-1	2012 年 9 月第 1 版
2. 报关实务一本通(第二版)	苏州工业园区海关	35.00 元	978-7-80165-889-0	2012 年 8 月第 2 版
3. 如何通过原产地证尽享关税优惠	南京出入境检验检疫局	50.00 元	978-7-80165-614-8	2009 年 4 月第 3 版

📖 彻底搞懂子系列

书名	作者	定价	书号	出版时间
1. 彻底搞懂信用证(第三版)	王腾 曹红波	55.00 元	978-7-5175-0264-7	2018 年 5 月第 3 版
2. 彻底搞懂关税(第二版)	孙金彦	43.00 元	978-7-5175-0172-5	2017 年 1 月第 2 版
3. 彻底搞懂提单(第二版)	张敏 张鹏飞	38.00 元	978-7-5175-0164-0	2016 年 12 月第 2 版
4. 彻底搞懂中国自由贸易区优惠	刘德标 祖月	34.00 元	978-7-80165-762-6	2010 年 8 月第 1 版
5. 彻底搞懂贸易术语	陈岩	33.00 元	978-7-80165-719-0	2010 年 2 月第 1 版
6. 彻底搞懂海运航线	唐丽敏	25.00 元	978-7-80165-644-5	2009 年 7 月第 1 版

📖 外贸英语实战子系列

书名	作者	定价	书号	出版时间
1. 十天搞定外贸函电(白金版)	毅冰	69.00 元	978-7-5175-0347-7	2019 年 4 月第 2 版
2. 让外贸邮件说话——读懂客户心理的分析术	蔡泽民(Chris)	38.00 元	978-7-5175-0167-1	2016 年 12 月第 1 版

书名	作者	定价	书号	出版时间
3. 外贸高手的口语秘籍	李凤	35.00元	978-7-80165-838-8	2012年2月第1版
4. 外贸英语函电实战	梁金水	25.00元	978-7-80165-705-3	2010年1月第1版
5. 外贸英语口语一本通	刘新法	29.00元	978-7-80165-537-0	2008年8月第1版

外贸谈判子系列

书名	作者	定价	书号	出版时间
1. 外贸英语谈判实战（第二版）	王慧 仲颖	38.00元	978-7-5175-0111-4	2016年3月第2版
2. 外贸谈判策略与技巧	赵立民	26.00元	978-7-80165-645-2	2009年7月第1版

国际商务往来子系列

书名	作者	定价	书号	出版时间
国际商务礼仪大讲堂	李嘉珊	26.00元	978-7-80165-640-7	2009年12月第1版

贸易展会子系列

书名	作者	定价	书号	出版时间
外贸参展全攻略——如何有效参加B2B贸易商展（第三版）	钟景松	38.00元	978-7-5175-0076-6	2015年8月第3版

区域市场开发子系列

书名	作者	定价	书号	出版时间
中东市场开发实战	刘军 沈一强	28.00元	978-7-80165-650-6	2009年9月第1版

加工贸易操作子系列

书名	作者	定价	书号	出版时间
1. 加工贸易实务操作与技巧	熊斌	35.00元	978-7-80165-809-8	2011年4月第1版
2. 加工贸易达人速成——操作案例与技巧	陈秋霞	28.00元	978-7-80165-891-3	2012年7月第1版

乐税子系列

书名	作者	定价	书号	出版时间
1. 外贸企业免退税实务——经验·技巧分享（第二版）	徐玉树 罗玉芳	55.00元	978-7-5175-0428-3	2020年5月第2版
2. 外贸会计账务处理实务——经验·技巧分享	徐玉树	38.00元	978-7-80165-958-3	2013年8月第1版
3. 生产企业免抵退税实务——经验·技巧分享(第二版)	徐玉树	42.00元	978-7-80165-936-1	2013年2月第2版
4. 外贸企业出口退(免)税常见错误解析100例	周朝勇	49.80元	978-7-80165-933-0	2013年2月第1版
5. 生产企业出口退(免)税常见错误解析115例	周朝勇	49.80元	978 7 80165-901-9	2013年1月第1版
6. 外汇核销指南	陈文培等	22.00元	978-7-80165-824-1	2011年8月第1版
7. 外贸企业出口退税操作手册	中国出口退税咨询网	42.00元	978-7-80165-818-0	2011年5月第1版
8. 生产企业免抵退税从入门到精通	中国出口退税咨询网	98.00元	978-7-80165-695-7	2010年1月第1版
9. 出口涉税会计实务精要（《外贸会计实务精要》第二版）	龙博客工作室	32.00元	978-7-80165-660-5	2009年9月第2版

书名	作者	定价	书号	出版时间
专业报告子系列				
1. 国际工程风险管理	张 燎	1980.00 元	978-7-80165-708-4	2010 年 1 月第 1 版
2. 涉外型企业海关事务风险管理报告	《涉外型企业海关事务风险管理报告》研究小组	1980.00 元	978-7-80165-666-7	2009 年 10 月第 1 版
外贸企业管理子系列				
1. 外贸经理人的 MBA	毅 冰	55.00 元	978-7-5175-0305-7	2018 年 10 月第 1 版
2. 小企业做大外贸的制胜法则——职业外贸经理人带队伍手记	胡伟锋	35.00 元	978-7-5175-0071-1	2015 年 7 月第 1 版
3. 小企业做大外贸的四项修炼	胡伟锋	26.00 元	978-7-80165-673-5	2010 年 1 月第 1 版
国际贸易金融子系列				
1. 国际结算单证热点疑义相与析	天九湾贸易金融研究汇	55.00 元	978-7-5175-0292-0	2018 年 9 月第 1 版
2. 国际结算与贸易融资实务（第二版）	李华根	55.00 元	978-7-5175-0252-4	2018 年 3 月第 1 版
3. 信用证风险防范与纠纷处理技巧	李道金	45.00 元	978-7-5175-0079-7	2015 年 10 月第 1 版
4. 国际贸易金融服务全程通（第二版）	郭党怀 张丽君 张贝	43.00 元	978-7-80165-864-7	2012 年 1 月第 2 版
5. 国际结算与贸易融资实务	李华根	42.00 元	978-7-80165-847-0	2011 年 12 月第 1 版
毅冰谈外贸子系列				
毅冰私房英语书——七天秀出外贸口语	毅 冰	35.00 元	978-7-80165-965-1	2013 年 9 月第 1 版

"创新型"跨境电商实训教材

书名	作者	定价	书号	出版时间
跨境电子商务概论与实践	冯晓宁	48.00 元	978-7-5175-0313-2	2019 年 1 月第 1 版

"实用型"报关与国际货运专业教材

书名	作者	定价	书号	出版时间
1. 国际货运代理操作实务（第二版）	杨鹏强	48.00 元	978-7-5175-0364-4	2019 年 8 月第 2 版
2. 集装箱班轮运输与管理实务	林益松	48.00 元	978-7-5175-0339-2	2019 年 3 月第 1 版
3. 航空货运代理实务(第二版)	杨鹏强	55.00 元	978-7-5175-0336-1	2019 年 1 月第 2 版
4. 进出口商品归类实务（第三版）	林 青	48.00 元	978-7-5175-0251-7	2018 年 3 月第 3 版
5. e 时代报关实务	王 云	40.00 元	978-7-5175-0142-8	2016 年 6 月第 1 版
6. 供应链管理实务	张远昌	48.00 元	978-7-5175-0051-3	2015 年 4 月第 1 版

书名	作者	定价	书号	出版时间
7. 电子口岸实务(第二版)	林青	35.00元	978-7-5175-0027-8	2014年6月第2版
8. 报检实务(第二版)	孔德民	38.00元	978-7-80165-999-6	2014年3月第2版
9. 现代关税实务(第二版)	李齐	35.00元	978-7-80165-862-3	2012年1月第2版
10. 国际贸易单证实务(第二版)	丁行政	45.00元	978-7-80165-855-5	2012年1月第2版
11. 报关实务(第三版)	杨鹏强	45.00元	978-7-80165-825-8	2011年9月第3版
12. 海关概论(第二版)	王意家	36.00元	978-7-80165-805-0	2011年4月第2版

"精讲型"国际贸易核心课程教材

书名	作者	定价	书号	出版时间
1. 国际贸易实务精讲(第七版)	田运银	49.50元	978-7-5175-0260-9	2018年4月第7版
2. 国际货运代理实务精讲(第二版)	杨占林 汤兴 官敏发	48.00元	978-7-5175-0147-3	2016年8月第2版
3. 海关法教程(第三版)	刘达芳	45.00元	978-7-5175-0113-8	2016年4月第3版
4. 国际电子商务实务精讲(第二版)	冯晓宁	45.00元	978-7-5175-0092-6	2016年3月第2版
5. 国际贸易单证精讲(第四版)	田运银	45.00元	978-7-5175-0058-2	2015年6月第4版
6. 国际贸易操作实训精讲(第二版)	田运银 胡少甫 史理 朱东红	48.00元	978-7-5175-0052-0	2015年2月第2版
7. 进出口商品归类实务精讲	倪淑如 倪波 田运银	48.00元	978-7-5175-0016-2	2014年7月第1版
8. 外贸单证实训精讲	龚玉和 齐朝阳	42.00元	978-7-80165-937-8	2013年4月第1版
9. 外贸英语函电实务精讲	傅龙海	42.00元	978-7-80165-935-4	2013年2月第1版
10. 国际结算实务精讲	庄乐梅 李菁	49.80元	978-7-80165-929-3	2013年1月第1版
11. 报关实务精讲	孔德民	48.00元	978-7-80165-886-9	2012年6月第1版
12. 国际商务谈判实务精讲	王慧 唐力忻	26.00元	978-7-80165-826-5	2011年9月第1版
13. 国际会展实务精讲	王重和	38.00元	978-7-80165-807-4	2011年5月第1版
14. 国际贸易实务疑难解答	田运银	20.00元	978-7-80165-718-3	2010年9月第1版

"实用型"国际贸易课程教材

书名	作者	定价	书号	出版时间
1. 外贸跟单实务(第二版)	罗艳	48.00元	978-7-5175-0338-5	2019年1月第2版
2. 海关报关实务	倪淑如 倪波	48.00元	978-7-5175-0150-3	2016年9月第1版
3. 国际金融实务	李齐 唐晓林	48.00元	978-7-5175-0134-3	2016年6月第1版
4. 国际贸易实务	丁行政 罗艳	48.00元	978-7-80165-962-0	2013年8月第1版

中小企业财会实务操作系列丛书

书名	作者	定价	书号	出版时间
1. 做顶尖成本会计应知应会150问(第二版)	张胜	48.00元	978-7-5175-0275-3	2018年6月第2版
2. 小企业会计疑难解惑300例	刘华 刘方周	39.80元	978-7-80165-845-6	2012年1月第1版
3. 会计实务操作一本通	吴虹雁	35.00元	978-7-80165-751-0	2010年8月第1版

2020年中国海关出版社有限公司乐贸系列
重磅推荐 >>

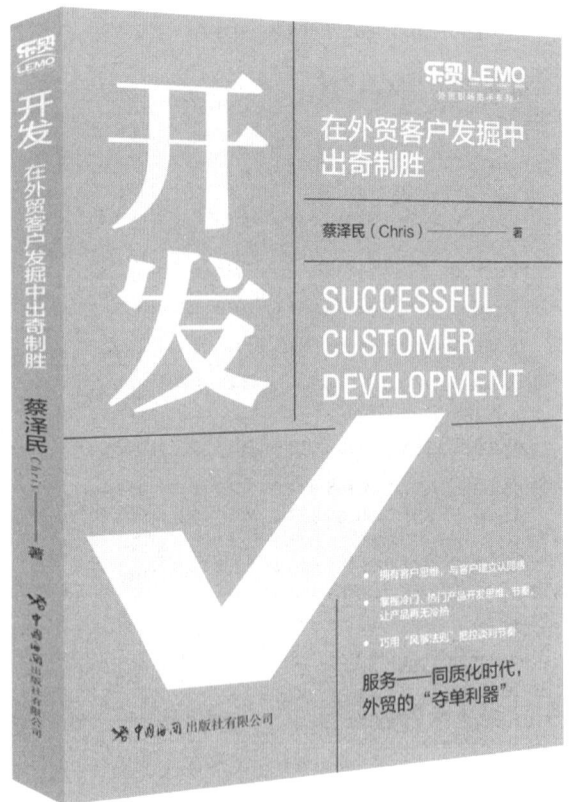

《开发：在外贸客户发掘中出奇制胜》

作者：蔡泽民（Chris）著
定价：55.00 元
书号：978-7-5175-0425-2
出版日期：2020 年 6 月

内容简介

全球经济遇冷，外贸订单碎片化，东南亚制造业崛起等因素，导致外贸行业竞争加剧，外贸业务员在新形势下必须转变开发客户的思维和方式才能抢占先机、逆市淘金。本书从以下几个方面帮助外贸业务员重塑客户开发思维，建立全新开发方式：

1. 转换思路，拥有客户思维，助你与客户建立认同感，抓住沟通主线；
2. "因材施教"，掌握热门产品、冷门产品的开发思维和节奏，让产品再无冷热之分；
3. 巧用"风筝法则"，让业务员控制谈判节奏，把握谈判主动权；
4. 有效互动维护客户，让售后和跟踪成为开发的另一"利器"，使客户终身制；
5. 同质化时代，服务才是外贸的"夺单利器"。